マーカスがおしえてくれた

タカハシ バ

文芸社

目次

マーカスがおしえてくれた

一日目　中年ニート

八月下旬、テレビでは夏の甲子園が盛り上がりを見せていた。私と妻、可南美《かなみ》は、リビングの二人掛けのソファに並んで座り、テレビを観戦していた。

「すごいね、お父さん。明日高《あすこう》、まだまだいけるんじゃない？」

「んだな。このぶんだば、三回戦までは進むんじゃねぇが」

その年、県立明日葉《あしたば》高等学校野球部は、数々の強豪校を倒し、ついに準決勝まで駒《こま》を進めていた。地元のみならず日本中を巻き込んだ「明日高」の旋風はまだまだ続きそうであり、私もすっかり巻き込まれて興奮の中にいた。

「おいおい、えれぇごど（大変なこと）になった。こったところで（こんなところで）、のんびりしている場合じゃねぇ」

「何いってるの、あなたの母校じゃないでしょ」

妻は幾分あきれたような苦笑を浮かべて答えたが、私はひるまずにいい返した。

「そういう問題じゃねぇ、俺だって元高校球児だぁ。明日高ど、戦ったごどもあるんだど！」

ただし、練習に耐えられず退部する一年生までの話だが……。

すると、妻は苦笑を優しい微笑《ほほえ》みに変え、つぶやくようにいった。

「でも、元気になってくれて良かった……。明日高ナイン、様様ね」

彼女が口にしたのは、単に私に活気があるとかないとかいった「元気」の話ではない。私は四年程前からうつ病を患《わずら》い、無職の引きこもり状態だった。だが、甲子園の明日高旋風のおかげで、私は「甲子園に行きたい」という意欲があふれるほど「元気」になっていた。

「お父さん、思い切って、一人で行ってらっしゃいよ」

妻はおそらく、この機会に私をいくらかでも外に出したいのだろう。しかし、いまの私に、その気概はまだまだなかった。

妻は公務員で安定した稼ぎがあり、実家は義兄が不動産屋を経営しているため、格安で借家に住まわせてもらっている。私はというと、国の支援制度によって医療費を一割負担に軽減する措置を受けながら、精神科病院への通院を自身の務めとしている状態だった。

八月二十日、月曜日。甲子園行きを諦《あきら》め、自宅のテレビで準決勝を観戦した。

明日葉高校は一回に先制点を挙げ、五回にも追加点を挙げた。

——このまま、いってくれ！

期待は膨《ふく》らむ。相手校は一点を返したものの、最後には明日高の勝利の雄叫《おたけ》びがグラウンドにこだました。そして、彼らの名物である、大きく後ろにのけぞる体勢で歌う〝海老《えび》反《ぞ》り校歌熱唱〟が鳴り響いた。

「やった！　あど、決勝だげだ」

私はテレビを前に一人興奮し、涙を流しながら居てもたってもいられなかった。

「良かったね、明日もきっと勝つよ」

「ああ、絶対勝つ。——ところで、可南美」明日高ナインの活躍に興奮冷めやらぬ私は、仕事帰りの妻に無理をいった。「例の店さ、連れで行ってけねが」

一日中自宅に引きこもり、テレビにかじりついている私を見かね、「仔犬《こいぬ》でも飼おうか？」といい出したのは妻の方だった。

「お父さん、決心がついたの？」

「んでね。だども、なんだがじっとしていられなぐでな。悪《わ》りな、疲れでるどご」

こうして、病院以外、どこにも外出することのなかった私がハンチング帽を目深《まぶか》に被り、妻の運転する黄色の自家用車で向かった先は、五〇キロほど離れたペットショップ。月曜日の割にはラッシュもなく、スムーズに到着することができた。

久しぶりの外出ということもあり、私は恐る恐る妻の後ろに続き、店内に足を運んだ。そして、左隅一番奥のペットルームに向かった。

「へぇ、こった（こんな）ふうになってるんだ」

「お父さん、初めてだからビックリしたでしょう」

下調べ済みの妻と違い、私は初めての光景に目を丸くした。六畳程のスペースに、上下の個室が二〇室。仔猫や仔犬が一匹ずつ入っている。その右端の上の段に、お目当ての彼は眠っていた。

「いたいた。ねぇ、本物の方がずっと可愛いでしょ」

妻のいうとおり、予《あらかじ》めショップのホームページで観た仔犬よりチャーミングだった。

ネームプレートにはビーグル、牡《おす》、誕生日、平成三〇年五月六日頃と明記されている。

なるほど、人間と違い、出生日は〝頃〟と曖昧《あいまい》なのか。変なことに感心しながら隣の仔犬に目が移った。

ジャック・ラッセル・テリア。舌を噛みそうな名前だが、ビーグルとよく似ている。その隣、『相談中』の札《ふだ》が掛かっているゴールデン・リトリバー。こんなに可愛い仔犬が街で見かける大きな盲導犬《もうどうけん》になるのか。

私は次々と目移りしながら、いつのまにか久しぶりの外出を楽しんでいた。

「この犬、寝でばっかりだな。触られねんだが？」

やはり気になる。再びビーグルを前にして、私の心は揺れていた。他の仔犬と違い、彼は媚《こび》を売っていないように思えた。あくまで、私見にすぎないが。

「すみません、このビーグル、触ることなんてできます？」

私の要望を妻が女性スタッフに伝え、ビーグルを生まれて初めて抱きかかえた。

まだ生後三ヶ月あまり。二キロ弱の肉体は弱々しく、甘えるように私の身体《からだ》にしがみついてきた。

「へぇー。この子、人見知りなんですがね。どうやら、ご主人のことが気に入ったようです」

そうスタッフに褒められ、私は思わず笑みを浮かべ、顔を舐《な》めてくる仔犬に心が惹かれていた。

「この犬なば、めんこいがら人気あるべな」

「そうですね。正直、ビーグルはすぐに決まりますね」

「『相談中』って、なんだべ？　商談中ってことだが？」

「ええ。前金を頂き、一週間の間、預かっている状態です」

ふと、女性の胸元の名札、チーフの文字に目が止まった。どうりで、セールストークが上手いわけだ。それにしても、こうして知らない人と普通に話をしたのは、いつ以来だろう？　私は懐かしい感覚に浸《ひた》っていた。

やがて我々は、一旦ペットルームの外に出ることにした。

「どうする？　どっちにしても、今日決断するのは無理だよね」

「うーん、何とそが（どうしよう）……。他に店、ねんだが（ないのか）？」

優柔不断な私に振り回され、妻は来た道を戻り、五キロ先のショッピングモール内のペットショップに向かった。

しかし、着いてみてがっかり。先程より数は少なく、私がいうのも変だが、全体的に仔犬たちに元気が感じられない。

「あで（あてが）、外れだな」

「帰ろっか、明日も早いし」

結局、車に乗り込み、帰路に就いた。モール内の駐車場を抜け、国道に差し掛かった。すると、前方の交差点でゴールデン・リトリバーと散歩している中年男性が目に付いた。白い杖《つえ》を突き、犬と話をしながら白い歯がこぼれている。

「あら、盲導犬？　この辺《へん》じゃ、珍しい光景ね」と可南美が呟《つぶや》いた。「大きいから、餌代も馬鹿にならないだろうな」

「んだな。まさが盲導犬さ、昔みでに残飯食わすわげにもいがねがらな」とネガティブな私。その光景に本当は興味を引かれていたが、つい良くない方に物事を持っていく。「世話ばかりでなぐ、金もかがるしな」と、高価なドックフードを始め、昨今《さっこん》のペット事情の情報の中から、マイナスなことばかり並べ立てた。

「わかった。お父さんの散歩姿見たかったけど、私たちには高嶺《たかね》の花ってことね」

信号が変わり、妻は前進すると右にハンドルを切った。そのまま、国道の一本道を進む。時間通りなら七時前には我が家に到着、のはずだった。

「ごめん、可南美。もう一回だけ、戻ってけねが」

私はさっき見たビーグルの面影《おもかげ》がちらつき、口をついて出た。

「えっ、どっちに行けばいいの？」

我々は結局、一軒目のショップに再び向かった。

駐車場に着くと、私は車を降り、一人で店内に駆け出していた。

——いた。ビーグル犬。

私が釘《くぎ》付けになっていると、チーフさんがニコニコした顔で近づいてきた。

「チーフさん、ビーグルだども俺でも飼えるべが？　えのなが（家の中）で飼うなんて難しいべな」

「慣れるまで、少し戸惑うと思いますが、大丈夫ですよ。特にこの子は大人しくて他のビーグルより飼いやすいでしょう」

——この人の笑顔を信じて飼ってみようかな？

そう思うと、居てもたってもいられなかった。

「どうされます？　慌てなくても、宜《よろ》しいかとは思いますが」

「前金を支払えば、預かってもらえるのですね」いつの間にか妻が横にいて、口を挟んだ。「手続きをお願いします」

では、こちらへ。と、妻とチーフは受付カウンターに移動した。

私はといえば、ビーグルを抱き抱え、もはや首ったけ状態。

程なく、妻が戻ってきた。

「お父さん、チーフさんが『三日間のホームステイということなら、今日引き取っても構わない』って。引き渡しの準備に少しだけ時間が掛かるけど、どうする？」

別料金を払えば、オーナーとペットが相性を確かめる、お試しサービスがあるとのこと。私に異論があるはずもなく、ビーグルを一旦ルームスタッフに預けた。

そして、妻は手続きのためカウンターに行き、私は別のスタッフに教えられながら必需品を購入した。

ペットケージにキャリー（ペットを運ぶためのキャリーケース）、トイレトレーにシーツ、そして、ペットフードとエサ入れ等々であっという間に五万円もの出費。

……もはや、後戻りはできない。

やがて買い物を終え、手続きを済ませた妻と合流した。

「お父さん、お薬飲んだ？」

「あっ、忘れてらった。飲まなぐでも、いいんでねぇが」

私は特に夕方、耳鳴りがひどくなり、身体がグラつき体調を崩す。そのため、かかりつけの総合病院の精神科から安定剤を処方してもらっていた。三人目の主治医からは、「必要な時、一日三錠までなら服用しても安全です」といわれている。不思議なことに、今日はその〝必要なとき〟は訪れなかった。

「いま爪を切って、ブラッシングをしています。スタッフ一同、あの子に特別な思い入れがあるようで、別れを惜しんでいる最中です」

車に購入品を積み終わり、キャリー片手にビーグルを迎えに行くと、チーフさんが少し困ったような顔をした。「すみませんが、もう少しだけ、待って頂けませんか？只今、念入りにシャンプーしていますので」

やがて、石鹸《せっけん》の香りをさせビーグルが戻ってきた。血統書は二ヶ月ほど待たなければならないとのこと。早速、キャリーの中に入れ、我々はショップを後にした。

とうに日は沈み、夕飯はコンビニ弁当で済ませることにした。

途中、膝《ひざ》にのせたキャリーの中で、突然ビーグルが暴れだした。不安なのか〝クーン、クーン〟と鼻声を鳴らし、中を行ったり来たりしている。

「三〇分毎に様子を見るようにいわれたから、コンビニに寄るわね」

丁度、半分ほど走ったところで、妻はハンドルを切り、コンビニの駐車場に滑り込んだ。

私は助手席を降り、キャリーの中を覗《のぞ》いてビックリ。いきなり洗礼を受けた。中に敷いていたシーツは剥《は》がされ、鼻をつく臭い。片付けようと、私は扉の金具を外した。すると大人しかったビーグルがいきなり飛び出してきた。慌てて捕まえようとしたが、すばしこい動きですり抜け、駐車場に飛び降りてしまった。

「あっ！ 待で、こらぁ！」

幸い車が通らなかったから良かったものの、思わぬワンパク振りを早くも披露《ひろう》した。店先に走り込んだところをやっと捕まえ、車に戻ると妻が泣き笑いの顔を浮かべていた。

「なした（どうした）？ 可南美」

「お父さん、車の中が凄《すご》いことになっている」

キャリーを飛び出した際、一緒に中のシーツが助手席にズレ落ち、車内一面に排泄《はいせつ》物《ぶつ》が飛び散っていた。

「……やられだな。ポーカーフェイスもいいどごだ（ところだ）」

車内灯を頼りに、私はウエットティッシュで汚物を拭《ぬぐ》い取った。当の本人は澄ました顔で、地面に置いたキャリーに収まっている。どうやら、我々に現実の厳しさを教えてくれたらしい。

「ついでだから、お弁当買ってくるね。何でも良い？」

食欲はないがビールは飲みたい。明日高の決勝進出の祝杯を上げねば。

私は「弁当は要らないから、ツマミになりそうな惣菜《そうざい》を」と頼んだ。やがて、コンビニ袋をぶら下げた妻が戻り、出発進行となったが、私は急にアイスクリームを切らしていることに気がついた。直ぐに戻るからと言い残し、店内に駆け込んだ。

「あれ？」いつ以来だろう、コンビニに入るなんて……。

私は知っている顔が店内になかったことに安堵《あんど》しながら、急いでマルチパックのアイスを手にレジに向かった。

「オチビちゃん、お父さんのこと、お願いね」

車に戻ると、妻がビーグルにそう話しかけていた。すると「クーン」と返事が……。

「コイツわかっているのか？」思わず妻と顔を見合わせた。

八時すぎ、我が家にやっと到着、早速トランクから荷物を玄関先に下ろした。そして、それをリビングに運び込み、妻と二人でケージを組み立て始めた。みるみるうちに汗が噴き出し、久しぶりに心地よい疲労感に包まれた。

程なく、畳一畳ほどのケージが完成し、その中にトイレトレーを置くと、半分ほどのスペースしか空かなかった。そこへベッドを置き、ウォーターディッシュをケージに取り付けた。そして仕上げに、隣の和室からすっかり使わなくなったベンチ（腹筋台）を持ち出し、ケージの前に置き、腰を下ろした。

「やっとでぎだ（できた）。……疲れだで（疲れたよ）」

「お疲れ様。大きいタイプ、買って正解だったね」そういって、妻はビーグルをキャリーから取り出し、ケージの中に入れた。すると、トコトコと歩き、大人しくベッドに寝そべってくれた。「アハハ！　きっと、騒ぎすぎて、疲れたんだね」

――そうだよな、お前だって、いきなり知らないところに連れてこられたんだ。興奮して当たり前だよな。今夜はゆっくりお休み。

我々はビーグルを起こさないよう、物音に気をつけながら後片付けを終えると、テーブルの上にコンビニで購入した夕飯をひろげた。そして、妻は弁当に箸をつけ、私は缶ビールを一気に煽《あお》った。

長く忙《せわ》しない一日だったが、今日の出来事は一生忘れないだろう。

「取りあえず三日間のお付き合いだけど、オチビちゃんの名前、どうする？」

「それなば、あった方いいべ。古田くん、ってのは、どうだ？」

「アハハ！　それは古田投手に失礼でしょ」

「やっぱり、んだが（そうだよな）」

明日高エースの名前で冗談をいえるほどになったのは、「早くもビーグル効果か？」

と、妻と二人、笑いながら遅い夕食を楽しんだ。

明日は、いよいよ決勝戦。相手は甲子園常連の歴代優勝校、相手にとって不足はない。優勝記念のビーグルも準備完了、思う存分戦ってくれ。私は海老反り校歌熱唱が楽しみで仕方がなかった。

やがて、風呂から上がるとベンチに腰掛け、ビーグルと話をしながら寝酒を引っ掛けた。

「へばな（じゃあな）、まだ明日。仲良ぐしてけれな」

「お父さん、お薬は？　飲まなくても大丈夫？」

そうなのだ。不眠症になって以来、妻を子供部屋に追いやり、睡眠薬に頼っている。でも、今夜は飲まなくても眠れそうな気がした。「もし眠れねがったら、あどで飲む（後で服用する）。心配、いらねがら（いらないから）」

私は二階の寝室のベッドに横たわり目をつぶった。……やっぱり、駄目かな。少し不安だったが薬は飲まず、耳鳴り対策に音楽プレーヤー（携帯式）のタイマーを三〇分にセットし、イヤホンをつけた。すると、ロックバラードに始まり、ジャズなど次々とお気に入りの曲が流れ、やがて眠りについた。

二日目　断薬

ふと目が覚め、目覚まし時計を見た。午前四時。昨夜、床に就いたのが十一時前だから、五時間も熟睡できた。しかも、薬に頼らず。もう少し寝てみよう。

すると一時間後、〝クーン、クーン〟と甘えたビーグルの鼻声に起こされた。

――何かあったのだろうか？

飛び起きて、一階のリビングに駆けつけた。真っ暗な部屋に微かな姿。ビーグルが扉の前で、ちんちんしながらジャンプしている。私は急いで部屋中のカーテンを開けた。な、なんと、トイレトレーの上に汚物があるではないか。思わず笑いがこみ上げた。

――素晴らしい！　まだ何も教えていないのに、お前は天才か？

扉を開けると、ビーグルが飛び出して抱きついてきた。何て可愛《かわい》いヤツなんだ。壁掛時計の針は五時半を指している。二度寝もできた。薬なしで、延《の》べにして六時間以上眠ったことになる。こんな感覚はいつ以来だろう。私は感慨に耽《ふけ》り、〝断薬〟の二文字が脳裏に浮かんでいた。

――もしかしたら、できるかもしれない。

ビーグルとじゃれ合いながら、そんなことを考えていた。

六時二〇分すぎ、妻が起きてきた。

「おはよう。早いねぇ、オチビちゃん」

「あのよ、可南美。ちゃんとトイレさ、ウンチしてらっけ。まんず（とても）、めんこい（可愛い）やつだ」

「へぇ、偉いこと。お利口《りこう》さんだね、オチビちゃん」

包丁の心地よい音が鳴り響き、やがて味噌汁《みそしる》の美味《うま》そうな匂いが食欲を誘った。

「お待たせ、ご飯できました。さぁ、食べましょう」

我々は六人がけのテーブルに座った。そして私は、ご飯にひきわり納豆をかけて頬《ほお》張《ば》り、味噌汁で流し込んだ。

「あのよ、可南美。ビーグルの名前考えだども、喋《しゃべ》ってもいいが？」恥ずかしくていい出せなかったが、実は前々から浮かんでいた。「〝マーカス〟って、なっただべ（どうだろう）？」

「マーカス？　どういった由来なの？」

「実は、昔のハリウッドスターが飼ってらった、猫の名前だ」

遺作となった映画の撮影中、共演者の女優が彼に贈ったシャム猫で、不思議なことに、彼が事故死するほんの数日前になって、突然、友人に譲られたという逸話《いつわ》が残っている。私はその牝猫の名前を、(牡犬ではあるが)ビーグルにつけようと思いついていた。

「なるほど。あなた、あのリバイバル映画、よく観てたもんね」

こうして〝オチビちゃん〟だった彼は、晴れて〝マーカス〟に命名されたのだった。

八時、初めての朝食。前日、妻が用意した水でふやかしたドッグフードにカップ2目盛りのフードを新たに足し、スプーンでかき混ぜ出来上がり。ケージのベッドで一休みしていたマーカスに差し出すと、鼻息も荒くかぶりつき、ものの数十秒で平らげた。

——いくらなんでも、早すぎだよマーカス。

他の犬も、こんなものなのかなぁ? 不安に思いネットで調べてみると、『肥満の大敵、早食いにご注意を!』と書かれ、対策グッズも多数販売されている。なんでも金を出せば解決できる話になっているのか……。今後の出費が思いやられた。

『まだ、赤ちゃんですから、大半は寝ていますが、環境の違いに敏感で、甘えん坊なところがあります。気にしてもキリがないので、無視して結構です。初めが肝心ですから、毅然《きぜん》とした態度でしつけをして下さい』

私はショップのチーフさんからの教え・其《そ》の一を思い出し、鼻声も無視して無意味にケージから出さないようにした。

しかし、愛くるしい顔を見ていると、つい外に出して抱きしめたくなる。

ビーグルは元々、きょうだいの多い犬種らしく、群れて暮らしている。そのため、本来はきょうだい同士、噛み合いながら加減を覚えていくものらしい。しつけの際、その加減がわからずトラブルが発生する場合もあるという。確かに、既《すで》にあちこち噛まれている。乳歯が生《は》え変わるこの時期は、特に相手かまわず噛みまくるので要注意といわれたが、具体的にはなす術《すべ》がない。

チーフさんの教え・其の二。『強い口調で叱《しか》ることも大事です。でも、決して手を出してはいけません。人を怖がって、手に噛み付く癖《くせ》がついてしまいます』

一方、甘噛みには早く慣れさせて下さい、と軽くいわれたが、幼児の割には結構な牙《きば》を持っている。とてもじゃないが、好んで口に手を入れられる状況ではなかった。

私はまた一つ、「噛み癖」という壁にぶち当たった。

そんなことをあれこれ考えながら、朝からBSの野球放送を眺めていた。

大物ルーキーとして入団し、日本野球界で活躍した選手が海を渡って以来、私は彼の活躍が楽しみでならなかったが、マーカスのことが気になって集中できない。ケージの中でジャンプしながら、つぶらな瞳でこちらをじっと窺《うかが》っている。まるで、出してくれよう！　と訴えるように。

「んだよな（そうだよね）。そったどこさ（そんな狭いところに）、閉じ込められだって、嫌だよな」

早くも親馬鹿ぶりを発揮し、ケージの扉を開けた。すると、尻尾《しっぽ》を振りながら飛び出してきたマーカス。よっぽど、外が恋しかったのだろう。そのまま、しばらく好きにさせた。その間、彼の愛嬌《あいきょう》のある姿を眺めながら、いつのまにかテレビのスイッチは消していた。

昔、娘たちのために購入した猫とカバのぬいぐるみ。必要ないからと妻が昨夜押入れから引っ張り出してきた。すっかり気に入ったのか、猫のぬいぐるみに夢中で噛み付いているマーカス。そして、時々気がついたように私にじゃれついてくる。昨日まで、一人で過ごしていた時とは明らかに違う、ゆったりとした時間が流れていた。

いつのまにか、正午になっていた。私はマーカスをケージに戻し、昼食の準備を始めた。準備といっても、オカズと味噌汁を温め直すだけの作業だが。

テーブルにご飯、味噌汁、オカズを並べた。正面にマーカスの姿が見える。一日二食の彼に昼食はない。「ごめんよマーカス、私だけお昼を食べて」ケージの中でちんちんしている彼に話し掛けながら、食事を進めた。不思議なことに、一人で食べていた昨日より、ずっと美味しく感じた。

『人は楽しく生きていくためには、誰かと食事をすることが最も効果的です』

名前は忘れたが、著名な心理学者のそんな言葉を噛みしめていた。

私が食べ終わった食器を片付けている最中、マーカスは私の足に絡《から》みついて離れない。こうなったら淋しがり屋同士、ルールは無視して仲良くしよう。こうして私は、着実に親馬鹿道を真っしぐらに歩み始めていた。

やがて、いよいよ甲子園の決勝戦が始まる時間となった。相手は強豪だが、下馬評では明日高にも十分勝機はあるとのこと。期待に胸を膨らませ、テレビに見入った。残念ながらトイレの中にオシッコが中々上手くできないマーカス、いまのところケージの中に収まっている。

主審の右手が上がり、プレーボールが宣告された。一回裏、相手チームの攻撃で、早くも動きがあった。

一番、制球が定まらず、フォアボール。続く二番、真ん中に入った甘いストレートをライト前にヒット。これでランナー一、三塁となった。すると、やっとエンジンが掛かったのか、古田投手が三番、四番を連続三振に打ち取った。これでツーアウト。あと一人アウトでチェンジと思いきや、続く五番、またもやフォアボール。ついに満塁になってしまった。

古田投手、疲れが出たのか力んでいるようだ。続いて六番、初球。

――あっ！　……やってしまった。

手が滑《すべ》ったのか、完全な暴投。キャッチャーが後ろにそらしているその隙に、三塁ランナーがホームに帰り一点先制。うつろな目をした明日高エース。こんな古田投手は、初めて目にした。

その後、相手チームの攻撃は止まることなく、五回の時点で一〇点以上の差がついた。そして八回裏ツーアウト、ランナー一、二塁で古田投手ついに降板。リリーフピッチャーが後続を抑えて、チェンジとなった。

いよいよ最終回、表の攻撃。明日高が意地の一点を返すも、結局大敗してしまった。

――マーカス、負けちゃったよ……。

優勝記念のつもりで我が家にホームステイしているビーグル犬。どうしよう……可南美。今更、返すなんてできないよ。ケージを開放すると、マーカスがじゃれついてきた。

思わず抱き寄せ、ベンチ前に整列した明日高ナインの悔し涙にもらい泣きしながら、この夏、存分に楽しませてもらった彼らに感謝をした。

「――最後まで自分が投げ抜いて勝ちたかったです。悔しいですが、力は出し切りました」

こうして、泣けるコメントを残し、明日高エースの夏は終わった。

ぼんやり閉会式を眺めていると、画面にPM5：00の表示がされた。

あっ！　忘れるところだった。マーカス、初めてのディナータイム。慌てて、朝と同じ要領で準備に取り掛かった。すると、よっぽど腹を空かせていたのか、今度は尻尾を振り、ジャンプしながら足にまとわりついてきた。

——ごめん、ごめん、待たせたね。

ケージに連れて行きエサ入れを置くと、またしても鼻息荒くフードにかぶりついた。そっと扉を閉め様子を見る。……やっぱり、あっという間に平らげた。

——相変わらず早いねぇ、ゆっくり食べないとおデブになっちゃうよ。

引きこもり以来、すっかりたるんでしまった己の体型を顧みず、マーカスの肥満を心配している自分が可笑《おか》しかった。

食事後、一〇分もしないうちにウンチをした。オシッコは打率一割だけど、さすがホームランバッター、またしてもトイレに命中した。何て可愛いヤツ。「ところで、お前の毛色は何色？」気になって調べると、マーカスの毛色は一般的なトライカラー（三色）、ブラックタン＆ホワイトと呼ぶらしい。

私は興味が湧いて、テレビを消し、久しぶりにパソコンに向かった。

どうやら、いまはレモン＆ホワイト（黄色と白）が一番人気で高価らしいが、その違いが私にはまったくわからない。更にビーグル犬の飼い方などを夢中で検索していると、いつのまにかマーカスがベッドで眠っていた。

「すぐに、お母さん帰ってくるがら、おとなしくしてれな」

そう言葉をかけ、ふと書きかけの小説を開いてみた。

私はこの四年間で十回、大手出版社主催などの文学新人賞に応募しては一次予選で落選してきた。どうせ、これも駄目だろうな、と思いながら読み直してみた。ところが、うーん、中々面白い。自画自賛しながら、締切りは十月末日、まだまだ時間があることに胸を撫《な》で下ろした。あと少しで規定枚数に達する。「勿体《もったい》ないから、書いてみようかな？」そんな安易な動機で受賞できるほど、甘くない世界なのは嫌というほど知っている。

毎年恒例、三月末締切りの原稿用紙換算五百枚に及ぶ自分なりの大作を書き終え、意気揚々と応募する。そして、六月末締め切りの公募に向け〝次の作品〟を書き出し、やがて応募。そして七月、書店に並んだ月刊誌で、三月末締め切り分が敢《あ》えなく落選したことを知り、ひどく落胆。それから一ヶ月間は何も手がつかず、自己嫌悪の中、テレビにかじりつく。そして、傷が癒《い》えた頃、〝次の作品〟の発表十一月をひっそりと待ちながら、別の公募に向け、再びダラダラと書き出す。ここ数年、私はその繰り返しをしていた。

「ただいま、明日高残念だったね。……あれ？　また書き出したんだ。マーカス効果だね」

　妻が帰り、開口一番、声をかけてきた。……何だか照れくさい。

「たまたま、見でらっただけだ。どうせ、駄目だべなど思ってよ」

「そんなの、出してみなきゃわからないでしょう」

　私と違い、何事もプラス思考の妻が羨《うらや》ましい。励ます言葉もエッジが効いている。

「いまのうちだよ、好きな題材で書けるのは。売れてきたら、そうはいかないでしょ」

　それもそうだ、と納得し、試しに一行書いてみた。「あれ？」不思議なことにアイディアが湧いてきた。

「お父さん、ご飯の前にお風呂入っちゃったら？」といわれてもキーボードを叩く手が止まらない。「もう少し、キリがいいところまで」と久しぶりの感覚を楽しみながら夢中で執筆し、ふと、顔を見上げて掛時計に目をやると八時を回っていた。

「ごめん、いい加減にしねばな（しないとな）」

「大丈夫、丁度読みたい本があったから」

　テーブルに夕食を並べたままテレビもつけず、妻が文庫本を読んでいた。ケージの中ではマーカスが、ジャンプしながら「出してくれよ！」と必死にアピールしている。

「アハハ！　駄目だよ、マーカス。君にあげる食べ物は何もないよ」

　やがて、夕食を済ませ、私はシャワーを浴びに二階の浴室に向かった。二〇分後、汗を流してリビングに戻ると、妻の話し声が聞こえてきた。

「ほら、お父さんが帰ってきた。だから、大丈夫っていったでしょ」

どうやら、マーカスと話をしていたらしい。「お父さんが二階に上がった途端、クンクンと鳴き声を上げるんだもの。よっぽど、あなたのことが気に入ったみたいね」

「なんたが（何をいっている）、そったごとねぇべ（そんなことはない）」

最高の褒め言葉が心の底から嬉しかったが、どうも素直になれない。照れくささから、わざとマーカスから視線を外したが、彼はじっと私を見つめていた。

十時すぎ、妻が浴室に向かった。パソコンで執筆していた私は手を休め、冷蔵庫から缶ビールを取り出し、ケージの前に置いたベンチに腰を下ろした。

「長《な》んげぇ一日だったな。明日もよろしぐな」缶を開け、マーカス相手に改めて明日校準優勝の祝杯を上げた。まだ緊張が解《と》けないのか、少し怯《おび》えた表情を浮かべている。

——無理もないか、まだ二日目だもの。

マーカスのつぶらな瞳をあてにビールを飲みながら、すっかり肥大化した腹のぜい肉をつまんだ。「まだ、筋トレでも始めるがな（また、筋トレを始めようかな）」

明日高ナインの影響だろう。ふと、ジム通いに夢中だった数年前が頭をよぎっていた。

十時半、ウトウトし始めたところで妻が下りてきた。

「可南美、悪《わ》りども、先に寝る。マーカス、まだ明日な」

「お薬飲まなくも大丈夫？」

あっ、そうだった。今日も飲まずに過ごしてしまった。

「もし眠れねがったら、あどで飲む。心配、いらねがら」

昨夜と同じフレーズを残し、二階の寝室に向かった。

やけに長い、でも、久しぶりに充実した一日が終わった。「明日のこと？　そんなことは、お釈迦《しゃか》様でもわかるめぇ」

今夜も、眠れそうな気がする。

三日目　離脱症状

調子に乗って薬を飲まなかったツケは、直ぐにやってきた。

夢見が悪く、ハッと目が覚め時計を見た。暗がりの中、薄《うっす》らと浮かび上がる蛍光針。二時……なんだよ、まったく。

連日の熱帯夜にベットリと寝汗をかいていた。タオルで汗を拭きながらトイレに行き、再びベッドに横になるが寝付けない。「……マズイパターンだな」それにしても蒸し暑い、エアコンをつけてみよう。静まり返った住宅街、年代物の室外機ががなり立て、少し気が引けたが、冷気がヒンヤリと気持ち良い。「よし、寝るとしよう」寝冷えしないようタオルケットを掛け再び目を閉じた。

……駄目だ、今度はエアコンがうるさくて眠れない。正に八方塞《はっぽうふさ》がりだった。

結局、エアコンを止め、目をつぶったまま悶々《もんもん》とやり過ごす。

そして、再び時計を……まだ、三時前。

――駄目だ、こりゃ……。

諦めて、音楽プレーヤーを聴くことにした。

流れてきたのは、気だるいブルース。今度こそ、眠れるかも知れない。淡い期待を抱き、目を閉じた……。

薄らとカーテンの隙間《すきま》から日が差し、明かりが漏れている。

――やった！　どうにか眠れた。

どれくらい眠ったのだろう、恐る恐る時計に目をやった。

四時半。うーん、微妙。三度、目をつぶってみたが眠れる訳もなく、結局起き上がり、洗面所で顔を洗った。

リビングに下りてみると、暗がりの中、マーカスがケージの中でチョコンとお座りして尻尾を振っていた。

「おはよう、マーカス、お利口だね」挨拶《あいさつ》すると、ちんちんをして、「開けておくれよ！」とアピールを始めた。

「いま開けるからね」部屋中のカーテンを開け、窓を開け放った。湿気がこもった部屋に、朝の日差しとやわらかな風が気持ちいい。

「さぁ、オープンだ！」ケージの扉を開けると、マーカスが勢い良く飛び出し、リビング内をウロウロ歩き始めた。甘えるように鼻を鳴らすが、未《いま》だに吠《ほ》えた声は聞いていない。

調べた情報によれば、ビーグル犬という犬種は、その愛くるしい見た目に反し、結構な声量で吠えるらしい。元々、野うさぎ狩りが盛んだったイギリスの狩猟犬であり、獲物を確保するとラッパのように場所を知らせた、と記してあった。

随分優秀な犬種じゃないか。「いまのところは猫、いや、犬を被っているだけなのか？」いずれにせよ、初めが肝心、しつけが大事らしい。早朝から、じゃれついてくるマーカスの相手をしながら、しつけについて少しは勉強しなければと考えていた。

六時すぎ、いつもより早目に妻が起きてきた。

「昨夜、カスミちゃんにメールしたら可笑しくて……。週末の花火大会に帰るから、マーカス噛まないでね、だってさ」

犬嫌いの長女、カスミがマーカスの写真を観て興味を示したらしい。隣県の大学を卒業後、理学療法士としてリハビリセンターに勤務している。

「桜《さくら》も帰るんだが?」

札幌で暮らす、大学四年生の次女のことも気になり、訊《たず》ねてみた。すると、一泊二日で帰省するとのこと。

――まったく芸能人じゃあるまいし、夏休みだというのにとんぼ返りとは……。

「あら、実家でだらだらされるより、行動的で良いじゃない?」

うっかり意見すると、意味深な答えが返ってきた。「学生生活も残り半年、いまのうち好きにしたらいいのよ」

家族で唯一、大学生活を送ったことのない私には理解できないが、授業料、生活費などの一切を担《にな》っている妻の意見に異論などあるはずがない。「それもそうだね、私みたいになったら大変だ」とあっさり白旗を揚げた。

実は久しぶりに寝そびれたため、頭がボンヤリし、珍しく朝から身体が揺れていた。薬の離脱症状だろう。三日、四日目辺りが一番辛い、とは聞いていた。

『無理な断薬はお勧めできませんが、薬そのものは一週間もすれば体内から抜け切るでしょう。不眠症は三日も寝なければいずれ解消します。午後十一時から午前二時までの四時間が、睡眠のゴールデンタイムといわれています。この時間帯の睡眠さえキープできれば、何も心配は要りません』

一人目の主治医から何度も聞かされたフレーズだが、元々、睡眠中に夢を見る体質の私は眠りが浅い。昨夜は、殆《ほとん》ど眠った感触はなかった。

「やっぱり、まだ薬が必要なのだろうか？」不本意ながら、そう思わざるを得なかった。

朝食を済ませ、妻が忙しなく出勤した。後に残った私とマーカスは、昨日同様の生活を始めた。ただ一点、明日高ナインの勇姿を観ることは、今年はもう叶わないのだが。

八時ジャスト。マーカスに待ちに待った朝食を与えると、テレビを消し、パソコンに収納しているＣＤのデータをランダムにオーディオ・スピーカーで流した。そして、昨日に引き続き小説を執筆していると、マーカスにも音楽の良《よ》し悪《あ》しがわかるのか、スタンダードジャズの音色に耳を澄ませ、ケージの中でいつのまにか寝入っている。

安心して書き進めていると、寝不足のはずが、頭が妙に冴《さ》えてきた。この感覚、若くて破天荒《はてんこう》だった昔、悪友と酒を酌《く》み交《か》わしながらマージャンに興じ、そのまま会社に出勤していた当時を思い出させた。

やがて、時間を忘れ夢中で執筆していると、クーン、クーンと鼻声が聞こえてきた。ケージに目をやると、マーカスが立ち上がり、何やらアピールしている。不審に思い近づくと、トイレにウンチが……。「やったぁ！」またしても見事に命中。ビニール袋片手に扉を開けると、マーカスがいきなり飛び出してきた。

——どうぞ、どうぞ、いくらでも遊んでくれ。

ウンチを袋で掴《つか》みとり、汚物入れに収めた。本当にお利口さんだ。感心しながら、再び執筆を始めた。

しばらくすると、オシッコの臭いが鼻をついた。マーカスはといえば、ケージの前で猫のぬいぐるみと格闘している。「変だな、どっから臭っているのだろう?」辺りを見回し、愕然《がくぜん》とした。テレビ台の前に水たまりが……。まさか、と思い鼻を近づけた。「……間違いない。やってくれたな、マーカス」トイレを外すことは日常茶飯事《さはんじ》だったが、ケージの外にオシッコをしたことは一度もなかった。

——まっ、こんなこともあるだろう。何せ、まだ三日目だ。

そう自分にいい聞かせ、ティッシュペーパーで拭い取り、除菌用ウエットティッシュで床を二度拭きした。当のマーカスは、猫に飽きたのか、何事もなかったかのようにカバのぬいぐるみと遊んでいる。

この時、私の頭の中を支配していたのは、いずれは訪れるであろう、別の心配事だった。

チーフさんの教え・其の三。『ビーグルは人見知りしない、好奇心旺盛な性格です。万が一、他人に噛み付いた時のことを考えますと、お散歩はフィラリアや狂犬病の予防接種を受けてからの方が安全かと。月一のフィラリアは二週間後、狂犬病はその二週間後以降、まだオチビさんですから、慌てて散歩しなくても大丈夫ですよ』

三日前、ショップでチーフさんに散歩のことについて訊ねると、懇切丁寧に教えてくれた。彼女は私が散歩のことを執拗《しつよう》に質問した本当の理由を知らない。犬を飼うことで一番ネックになっていたのは、散歩のことだった。特にビーグルは、雨が降ろうと吹雪《ふぶき》だろうとお構いなし、朝夕の散歩は絶対欠かせない、と聞いたことがある。とてもじゃないが、いまの自分には絶対無理だ、と諦めていた。

そんな私の弱い心を揺り動かしたのは、明日高ナインに他ならない。並み居る強豪相手に、逆転に次ぐ逆転、真っ向勝負で準決勝進出を勝ち取った勇姿に居てもたってもいられなくなった。……このままではいけない。勝ち進める度に心を震わせ、何度も何度も、自分にいい聞かせた。大の大人がそんな馬鹿なことを、と呆《あき》れられるだろうが仕方がない、事実、そうなのだから。

だから、〝慌てて散歩しなくても大丈夫〟のフレーズは、先送りが得意な私に、素敵な猶予《ゆうよ》を与えてくれた。

『お父さん、何事も案ずるより産むが易し。だから、大丈夫だよ』

妻のモットーも、グイグイと後押ししてくれたのだった。

何はともあれ、オシッコ以外は問題なく、マーカスとの時間はゆったりとすぎていった。

　やがて、午後五時となりディナータイム、廊下に出て準備を始めた。いまのところ、リビングの出入り口にキャリーを置いて、臨時の柵としている。彼のお目当てのドッグフードは目の前の廊下の階段下、物置の中にある。察しの良いマーカスは、我慢できずキャリーにちんちんして、尻尾を振って忙しない。

　チーフさんの教え・其の四。『ビーグルは大変な食いしん坊です。誤飲も平気でしますから、十分注意が必要です』

　三日目にして、早くもその片鱗《へんりん》を覗かせている。そんな姿に癒され、いつのまにか薬のことなど忘れていた。

　やがて、勇《いさ》んで妻が帰ってきた。

「犬に詳しい同僚が教えてくれたんだけど、ビーグルは極端な寂しがり屋だから、寝る時は部屋を真っ暗にしないでラジオを掛け、人の声がした方が安心するってさ。お父さん、ラジオ、使ってる？」

　私は昨夜の寝不足がたたり、九時半を待たずに就寝したため、様子がわからなかったが、その夜から保安灯を点《つ》け、ラジオのボリュームを絞り、掛けっ放しになった。

　こうして「お試し期間」を終え、妻はチーフさんに電話で、改めてマーカスの購入を告げた。その際、「血統書は一ヶ月ほどで、手渡しできると思います」と伝えられた。

四日目　執筆活動再始動

目が覚めると、午前五時すぎだった。こんなに長時間眠り続けたのはいつ以来だろう。確か、九時半にはベッドに入り、そこから十一時、十二時、……。「やった！七時間以上眠った」

私は嬉しさのあまり、ベッドに横たわり、思いっきり伸びをした。そして、洗面所で顔を洗い、リビングに下りると、マーカスがちんちんしながら迎えてくれた。

「おはよう、マーカス。今日もよろしく」挨拶しながら、カーテンと窓を開け放った。なんて気分の良い朝だろう。早速ケージを開け、さぁ、オープンだ。颯爽《さっそう》と昨日より勢いよく飛び出してきた。「あれ？　もしや、ウンチ？」トイレに見事命中している。さすが、マーカス、「何から何まで〝ワン〟ダフル！」張り切ってパソコンのスイッチを入れ、ラジオのボリュームも上げた。今日は朝から書けそうだ。

現在執筆している書物《かきもの》は、十月末締切り、某小説賞への応募作品。違法捜査の罪を着せられた元刑事が便利屋となり、ひょんなめぐり合わせから冤罪《えんざい》を晴らすことになるのだが――と現実社会をリアリティ溢《あふ》れるタッチで描いたつもりのサスペンス。マーカスを迎えて以来、思うように筆が進み、物語はいよいよ佳境《かきょう》に入ってきた。書き手の胸先三寸で自由に描写することができる小説の世界。その魅力は例えようもなく、一度ハマると時間を忘れ無我夢中で執筆してしまう。

目下投稿十二連敗中、まったくうだつが上がらない私でさえ、まだ作家への道を諦めきれないでいることが、何より証拠なのかも知れない。

さて、我が家のプリンス。今朝も元気に食事にかぶりつき、あっという間に平らげた。オシッコはといえば、相変わらず三回に一回は外している。その度にケージの床を掃除及び除菌する羽目になるのだが、当の本人は澄ました顔で外に出る。我が家にやって来た当初は、ちゃんとトイレに放尿していたのに、一体どうしちまったの？疑問が晴れないまま、やがてディナータイムとなった。

マーカスのウンチタイムは食後一〇分以内。その間、ケージは閉めたままだが、どうやらそれが気に入らないらしい。毎回、ちんちんしながら鳴き声を上げ、「開けておくれよ」とアピールする。

「そんたに、おめの好ぎになば、ならね（そんなに、おまえの自由には、させられない）」

心を鬼にして知らぬフリを決めた。すると、一〇分すぎてもその気配はない。ここは辛抱、慌てない、慌てない。そういい聞かせ、パソコンに向かった。ところが、二〇分経ってもマーカスはケージの中をウロウロするばかり。

さすがに心配になり、扉を開けた。嬉しそうに飛び出した姿に安堵しながら、そのうちするだろう、と寛大な私。五分後、やけに静かだな、と思って辺りを見回すと、姿が見当たらない。すると、柵に見立てたキャリーに隙間が……。「なぬ？」

「しまった！」慌てて外に出てみると、隣の日本間のドアが開いていた。「やっべぇー！」

慌ててドアノブを引っ張ると、マーカスはなに食わぬ顔で琉球畳《りゅうきゅうだたみ》の六畳間をトコトコと闊歩《かっぽ》しているではないか。

「なんだ、畳が好きなんだ」風流だね、と一先《ひとま》ず安心。しかし、それも束の間《つかのま》。

――ゲーッ！　な、な、なんということを……。

……神棚の真下に汚物が。

「まんまど、やられだ」

「アハハ！　やるじゃない、マーカス。中々、侮《あなど》れないわね」

「笑いごどでね（笑いごとじゃない）。ションベンもなんだが変なんだ」

帰宅した妻にマーカスのやらかした悪行を報告すると、一笑に付された。よくよく考えてみると、ちゃんとできていたしつけの基本が我が家に来た途端崩れるとは妙な話だ。それに今朝辺りから、ところ構わず、やたらと噛み付きたがる。

「まだ、赤ちゃんだもの。泣いたりオシッコ漏らしたりするのが、仕事みたいなものでしょ。気にすることないよ」

「そんた、もんだべが（そんな、ものだろうか）？」

私の心配を妻は一刀両断した。それは良いとして、気になることが一つ。百円ショップで購入したテニスボールを転がすと喜んで食らいつき私の元に届けてくれるのは、さすが狩猟犬、見上げたものだが、フローリングをゴリゴリと目を剥いて一心不乱に掘る癖は如何《いかが》なものか。おまけに、猫のぬいぐるみ相手に「ヴーッ」と唸《うな》り声を上げ、噛み散らかしている姿は、まるで野生の獣《けもの》そのものだった。

「へぇ、いよいよ本領発揮ってことね。頼もしいじゃない」

アクティブな妻には、何でもない出来事らしい。

十時半、疑問を抱えたまま、床に就いた。ぐっすり眠った昨夜の反動か、辛い一夜を過ごしたが、気にしない気にしない。

五日目　ごめんよ、マーカス

花火大会前日。我が家の周りも見物客で賑やかになってきた。毎年恒例、普段は閑散とした街並みが、にわかに全国各地から集まった人々でごった返す。毎日、目まぐるしく変わる予報、天気は微妙だが、今朝から雨が降っている様子から、明日は晴れを期待させた。

「外、混んでらっげが？」

「そうでもない。年々、お客さんも心得てきたんじゃない」

帰宅した妻に道路事情を訊ねると、拍子抜けした答えが返ってきた。一昔前と違い、誰もが混雑を避ける術を心得ているらしい。

「明日高の特別花火って、どんな風に上がるのかな？」

妻は、日が明るいうちに色のついた煙と音を楽しむ、昼花火の話を切り出した。今年は明日校ナインに捧げる特別花火が打ち上がるらしい。

「どうせなば、あの曲さ合わせでやれば、カッコイイどもな」

ここの花火は、ＢＧＭをバックに打ち上がる「創造花火」が主流だ。私なら勇猛果敵な明日高ナインに相応《ふさわ》しい、日本屈指のハイトーンボイスのボーカルと、世界が認めたスーパーギタリストからなるロックユニットのイカしたナンバーをチョイスする。ソウルフルでアップ・テンポな曲に合わせて打ち上がる「創造花火」、大いに盛り上がること間違いないだろう。観客が歓声を上げながら、一斉にこぶしを突き上げる光景を思い浮かべていた。

夕食時、花火の話で盛り上がっていると、マーカスがこちらをじっと見つめている。彼の夕食から既に三時間近く経っていた。

「マーカス、腹、減らねべが？」

「そんなことといって。人間の食べ物あげちゃ、絶対駄目だからね」

「そったごど、いわれねぐても、わがってら（そんなことはいわれなくても分かっている）」

「ムキになるところを見ると、思い当たる節《ふし》があったりして」

いつもながら、妻の鋭い洞察力には脱帽する。意志の弱い私は、あれほど厳しくいわれていた掟《おきて》を、とっくに破っていた。連日の猛暑に加え、鼻を突くマーカスの餌の独特な匂い。人一倍神経質な私には、食欲を妨げる十分な要因となっていた。いつもの昼食がどうしても食べる気になれない。このままではやせ細ってしまう（わけはないのだが）。苦肉の策として、オカズをあてに缶ビールで流し込んでいた。その光景を我が家のプリンスに見つめられ、一人で昼酒を飲む後ろめたさから、若干のおすそわけをしていた。トマトの欠片《かけら》とか、目玉焼きの白身であるとか、胃腸に負担にならない食材を厳選し、手のひらにのせそっと差し出す。すると王子は、尻尾を振りながらちんちんをして器用にかぶりつく。二人だけの秘《ひ》め事《ごと》、互いの距離がずっと縮まった瞬間だった。

だから、ことある毎に、「お父さんのこと大好きだもんね」と嬉しそうにマーカスを見つめる妻に対し、申し訳なく思わずにはいられなかった。

「それにしても、今日は特別元気が良いわね。どうしたのかしら?」

「ん?　何したべな（どうしたんだろう）、オラ知らね」

本当は、「僕にも食べさせろ!」とアピールしていることは気がついていたが、薄情な私は知らぬフリを決めた。

「あれ?　やだーッ!　オシッコ、じゃない?」

「なんたが（なんだって）、見でる目の前でが」

なんとトイレを外し、まるで見せつけるように、平気な顔をして放尿しているではないか。この時、気がつくべきだった。彼のささやかな反抗が始まったことを……。

慌てて近づき、扉を開けた。その拍子に勢い良く飛び出し、私の席に駆け寄り、椅子に飛び乗った。

「キャーッ！　お父さん、大変。マーカス、駄目だってば！」

彼の運動神経は私の想像を遥かに超え、テーブルに手を突いて、ザルに盛った枝豆にかぶりついた。妻が既《すんで》のところで引き離したものの、ソファに走り逃げ、殻《から》つきのままくわえた枝豆をムシャムシャと食べ始めた。

「消化悪《わ》りがら、駄目だ。直ぐに吐がねば」

ソファにうずくまった彼を捕まえ、口の側に右手をやると、突然〝ガルルッ！〟と唸り声を上げ、〝ガブッ！〟と噛み付いてきた。

「イデッ！　あーあ、やられだ」

親指を噛まれ激痛が走った。「コラッ！」と叫び声を上げ、思わず頭に血が上った。顔にタオルを被せて押さえ込み、身体ごとケージの中に放り投げた。

「ざまみれ、この野郎！　犬のくせに」初めて、マーカスに浴びせた罵声《ばせい》だった。するど、急にしおらしくなったマーカス。ベッドにチョコンと座り、私をじっと見つめている。「何だよ、その顔。文句でもあるのか？」そう思いながらも、指から血が滴《したた》り落ち、痛さで顔が歪《ゆが》んだ。

「お父さん、消毒しようね」妻の一言に救われ、手当てを受けた。

「ご飯食べちゃいましょう。テレビつける？」

「んだな、ナイターでも、観るが」

大のプロ野球ファンである私にとって、最近ひいきのチームが万年三位の辛いシーズンが続いている。今更、観戦する気にもなれないが、他に適当な番組を知らない。

「まだ、負げでらや」

「どうしたんだろうね」

チームが負けると落ち込む、厄介な性分の私。こんな時に限って大差をつけられている。マーカスはといえば、上目遣いでこちらの様子を窺い、ベッドにうずくまっていた。

「台風は通りすぎたけど、明日、晴れると良いね」

「ああ、んだったな（そうだったね）」

マーカスのことで頭が一杯で、花火大会のことはすっかり飛んでいた。「午前中、さっと（少し）降るべども、大丈夫でねが」

このとき既に、台風は北海道に移動していた。

「カスミちゃんは車だから心配ないとして、桜の飛行機、大丈夫かしら？　電車って手もあったけど、あの娘《こ》ののんびり屋だから」

「んだがら、前もって帰ればいがったんだ」

母親の心配を他所《よそ》に、間が悪いタイミングで話題に挙がった次女の桜に八つ当たりをした。噛まれた指の痛みは、マーカスの心の傷の深さと比例している。

私には、わかっていた。本当の馬鹿野郎は私なのだ、ということを。

台風の余波で風が騒がしい。こんな夜は早目に退散しよう。後ろめたさを引きずり二階に上がった。「睡眠薬？　眠れなきゃ、寝なきゃいいだろ！」そんな物は、もうどうでも良くなっていた。

六日目　花火大会

花火大会当日、午前五時。天気予報は的中し、朝から容赦《ようしゃ》のない無情の雨。毎年恒例、妻は四人分の有料桟敷《さじき》席を購入している。四年前から会場に足が向かない私には直接関係ないが、今日くらいは晴れて欲しかった。

リビングに下りてみると、マーカスは準備万端、元気一杯に迎えてくれた。トイレに命中させたウンチを、「早く片付けておくれよ」といわんばかりにちんちんしている。

私は、カーテン、窓、そしてケージの扉を開けた。最近はウンチを片付けていると、どういうつもりか私に絡み付いてくる。

『エサと同じ臭いがするウンチを間違えて食べるワンチャンもいますから、十分注意して下さい』

　ふと、チーフさんの教え・其の五を思い出す。まだ、その兆候はないものの、油断は禁物だ。思わず、昨夜の出来事が頭をよぎった。

　六時丁度、「ドーンッ！　ドーンッ！」と号砲が花火大会開催を知らせた。

　今日は土曜日、日頃忙しい妻は朝寝坊《ねぼう》を楽しんでいる。マーカスはといえば、初めて聴く爆音におののき、ベッドでうずくまっていた。

　それにしても、人の身体とは摩訶《まか》不思議な構造をしている。私はエアコンが大の苦手だ。とりわけ病気を患って以来、その傾向は著《いちじる》しく、室温が三〇度を超えてもエアコンに頼ることはない。

『自律神経失調症に間違いないですね。処方箋《せん》を出しておきますから、必ず飲み続けて下さい』と主治医にいわれ、四年もの間、いい付けを守ってきたが、一向に改善することがなかった冷え性《ひしょう》。常に足の指先が冷たく、昨年の夏は寝る時でも靴下が欠かせなかった。そんな私と相反して暑がりの妻は、今年も辛い夏を過ごしていた。

　ところが、マーカスがやって来た翌日、生活は一変した。

　朝から日差しが差し込むリビングは、午前九時をすぎた辺りから室温がグングンと上昇、温度計は既に二十五度を優に超えていた。更に、隣家の庭木で容赦なく鳴き叫ぶセミの声が暑さを助長している。

私は一向に構わないのだが、エアコンがガンガン効いたショップ育ちのマーカスには、中々厳しい環境らしい。ケージの中でグッタリとしている。

「おが（とても）、あっちものな（暑いだろ）。我慢でぎねよな。……困ったな」

どうしたものかと思いあぐねた末、自分は綿のカーディガンをはおり、エアコンのリモコンを「強」に操作した。すると、天井《てんじょう》から流れ出る久しぶりの冷気に部屋は忽《たちま》ち涼しくなった。

――あっ、尻尾を振った。お利口だね、マーカス。

マーカスが元気を取り戻し、それ以来、エアコンはつけっ放しにしている。

「ただいま！　お母さん、思っていたより道路空いていたよ」

午後二時すぎ、長女のカスミがネイビーブルーの車で到着した。時間にすれば二時間掛からない距離だが、お盆以来の帰省だった。

今月の十三日、珍しくカスミに墓参りに誘われたが、風邪《かぜ》をひいたと誤魔化し、怪訝な顔をされた。夕食の時も私は蚊帳《かや》の外で、妻とカスミの会話に耳を澄ませていた。

話題は交通事故で片足を失い、最近リハビリセンターに入所したという彼女と同年代の若者のことについてだった。大型トラックの運転手だった彼は、深夜に国道を走行中、センターオーバーした車両を避けようとしてガードレールに激突してしまったとのこと。

「相手は飲酒運転をしていたんだよ。ひどい話だと思わない？」妻を相手にカスミがまくし立てた。

私はといえば、「そんな身勝手なことに巻き込まれ、家族の憤りはいかばかりだろうか」「今後、仕事はどうするのだろう？」等と自分のことを棚に上げ、やるせない気持ちにされられたが、カスミと会話を交わすことはなく、翌朝、彼女はいつのまにか姿を消していた。

あれから二週間あまり、「我が家の今の光景は彼女にどう映るのだろうか？」と、心の奥底で興味が湧いていた。

「おかえり、早く着いたじゃない。よっぽど空いていたんだね」

〝そんなことより、僕を見てくれ！〟――ケージの中のニューフェイス、マーカスの代弁をすれば、そんなところだろう。ちんちんしながら、これでもかと尻尾を振り、盛んにアピールしている。

「アハハ！　初めまして、マーカス。写メで観るより、ずっと可愛いね」

リビングに顔を出した、陽気なカスミの登場で俄然《がぜん》張り切るマーカス、得意のジャンプを披露している。「凄く元気だね。噛まないかしら？」

「心配しねぐても大丈夫だ。ケージがら、出してみるが？」

すると、「何だか怖いな、お父さん見ていてね」と、カスミがしおらしいことをいう。これも、マーカス効果か。彼女との距離がグッと縮まった瞬間だった。

やがて、扉を開けるとマーカスが飛び出してきた。やっぱり男の子だ。若い女子、カスミ目掛けて真っしぐらだった。

「へぇ、思ったより大人しいね。これなら、私でも大丈夫みたい」

賢いプリンスは変幻自在、相手の様子を窺い態度を変える。一度も可南美には見せたことのない表情で、カスミに甘え出した。

そこで私はテニスボールを手渡し、彼の得意技を披露することにした。

「転がせば良いのね。わかった、やってみる」

カスミが床にボールを転がすと、マーカスがダッシュで追いつき、口にくわえカスミのもとに戻って来た。「ワァーッ！　賢い」と嬉しそうに彼の才能を堪能しているカスミ。その姿に、まるで自分が褒められているような良い気分だった。

しかし、そんな平和も束の間、ワンパク小僧がやらかしてくれた。

三回目、ボールをくわえ、カスミのもとに一目散《いちもくさん》に戻ったマーカス。調子に乗って抱きつき、顔を舐め回した。「キャーッ！　ヤメテ！」潔癖症のカスミに無謀な一手、いきなり突き放され、敢えなく床に転がった。

慌てて抱き寄せようとしたが、またしても私の手に噛み付いてきた。咄嗟《とっさ》に手を引っ込め難を逃れたものの、まるでスイッチが入ったように暴れ出し、捕まえようとしたが、素早くかわし逃げ回った。

「こうなれば（こうなったら）最後だ。手つけられね」

リビングの中を、ドッグランさながら、縦横無尽に走り回っているマーカス。「駄目だ、こりゃ……」カスミに嫌われても知らないぞ。ただでさえ希薄な関係なのに、益々遠のいて行く。カスミはもう、家には近づかないだろうな……。すっかり身についたネガティブ思考が私の胸の内を駆け巡《めぐ》った。さすがの妻もオロオロしている。するとカ、「二人とも、落ち着いて。私ね、勉強したんだ。こんな時は――」と、カスミが思いがけない提案をした。「マーカスを残し、そっとリビングの外に出てみて」

カスミを先頭に廊下に出ることにして、私は妻の後に続いた。

「二、三分気配を消すと、もっと効果があるらしいよ。お父さんから二階に上がって、試してみて」

私に異論があるはずもなく、いわれるがまま、自室に退いた。妻とカスミは子供部屋に避難（?）しているようだった。

やがて、フローリングを駆け回る爪音が静まり、代わりに悲しそうな鼻声、クーン、クーンが聞こえてきた。出入り口のキャリーに手をつき、ちんちんしながら訴えている姿が目に浮かんだ。ふと、目覚まし時計に目をやるが、まだ三〇秒しか経っていない。残り後二分三〇秒、鳴き声を放置しながら時計の針を追った。

「そろそろ、いいんじゃない？」

カスミの号令の元、足音を忍ばせリビングに下りてみると、マーカスが尻尾を振りながら待ち構えていた。先ほどとは打って変わり、神妙な表情をしている。「やっぱり、効果あったわね。もう大丈夫よ」

「スゴイね、カスミちゃん。効果テキメンじゃない」と妻が感心した。

「この他にも、色々勉強したよ。ビーグルは可愛らしいけど、しつけは一筋縄《ひとすじなわ》では行かないってさ。お父さん、応援するから頑張ってね」

その言葉に不覚にも涙が出そうになったが、私はどうにか知らぬフリを決めた。大体、「頑張ってね」なんてフレーズ、生まれてこの方、彼女の口から聞いたことがない。

「良かったね、お父さん。カスミちゃんから色々教えてもらったら」

「まっ、そのうぢ（内）な」

相変わらず素直になれない私だが、心の中は小躍りしていた。もし尻尾が生えていたら、これでもかと振り回していたことだろう。

やがて四時すぎ。空港からリムジンバスで乗り換え駅に移動した次女の桜が、最寄りの駅に到着する時間となった。自宅から空港まで、高速を使えば片道二〇分足らず。

普通なら迎えに行く場面だが、今日は花火大会、ラッシュが予想されるため、安全策を講じたらしい。急がば回れ、肝の据わり具合は母親譲りだった。

「ただいま！　ああ、疲れた」

駅への迎えを買って出たカスミに連れられ、桜が帰省した。この正月、二泊三日で来て以来である。

「台風、ひどかったでしょう。飛行機、よく飛んだわね」

「本当、一時は駄目かと思った。電車で来るほど暇じゃないしね」

またしても芸能人並みの口を叩いている。大体、親のスネかじりが――と口が滑りそうになったのを飲み込んだ。いまの私に説教を垂れる資格はない。

「へぇ、この子がマーカス。お姉ちゃんがいってた通り、とってもハンサムだね」

「んだべ。結構、いい顔してるべ」と、桜のツボをついたコメントに、我がことのように喜び、相好《そうごう》を崩した。彼女にはいつもしてやられる。

「もう、ボール遊びできるんだって？　ハンサムな上に賢いなんて、完璧じゃない。コンテストで優勝したら、次はモデル犬に――」

「やっぱりな、俺もそう思ってらった。桜、おめ、なかなかいいごどいうね」

〝親馬鹿〟とは私のことに相違ない。電話会社のＣＭに出演しているモデル犬のギャラがどうのこうのと、桜の夢物語にちゃっかり耳を貸していた。

「桜、いい加減にしなさい。お父さん、すっかりその気じゃない」

早目の夕食の支度を始めた妻が、呆れた顔をして口を挟んだ。

「まさか。こんな話、本気にするわけないじゃん。ね、お父さん」

「あだり前だ。おめさ、話合わせでらった（話を合わせた）だげだ」

……嘘だった。すっかりその気になっていた。頭の中では既に、CMのスターになったマーカスを抱きかかえ、群《むら》がるマスコミのインタビューに応対している自分の姿を思い描いていた。

「冗談はさておき、私にもマーカスと遊ばせて」

――冗談だと？

私はムッとして、マーカスとボール遊びを始めた桜を無視するようにテレビをつけた。

車を駐車場に停めてきたカスミも加わり、ボール遊びを楽しみながら話が盛り上がっている。私は、憮然《ぶぜん》とした表情でソファに腰掛け、テレビに見入っていた。とてもじゃないが、文章を書くような気分じゃない。

「あなたたち、晩ご飯どうする？　桟敷席で花火観ながら食べる？」と妻が訊ねた。

「どうしよう、桜。早目に行って、向こうで食べる？」

「お昼食べる時間がなかったから、お腹空いちゃった。私は家でできたてを食べるから、お姉ちゃんはお弁当作ってもらったら？」

なんと、自分はできたてホヤホヤを食べ、三歳年上の姉には冷めた物を勧めるとは……。恐るべし、桜。

「そんなワガママいって。カスミちゃん、どっちかに決めて」

「お父さん、明日高の特別花火って何時からだっけ？」とカスミが声を掛けてきた。

「昼花火の最後だがら、六時すぎでねが」

「えっ、昼花火？　なんだ、ちょっとがっかり」

「お姉ちゃん。私、あんまり興味ないから観なくてもいいよ」

結局、桜の一言が決め手となり、会場には夜花火開始間際の午後七時前を目安に、六時半頃出発することとなった。

「お父さん、食事どうします？　私たちは食べちゃうけど」

「折角だがら、つまむ程度に食べるがな」とポツリ一言呟いて返事をした。

やがて、テーブルにご馳走が並び、嬉しいことに缶ビールが出された。早速、隣の席に座った桜とビールをコップに注ぎながら杯を酌み交わすと、ケージの中のマーカスがジャンプを始めた。嫌な予感がしたのは、私だけだろうか？

「マーカスったら、あんなに張り切っちゃって、きっと一緒に食べたいんだよ。お父さん、自由にさせてやったら？　一人だけのけ者なんて、虐待みたいじゃない」

上辺《うわべ》だけ、ごもっともな桜の意見に何もいい返せずにいると、妻がすかさず口を挟んだ。

「桜、虐待なんて馬鹿なこといわないで。あなたは何も知らないから、そんな呑気《のんき》なことをいえるのよ」

桜の無責任な一言に、昨夜何が起きたのか、妻が一部始終話して聞かせた。その間、忘れていた指の痛みがなぜかぶり返した。

「フーン。可愛い顔して、中々やらかすじゃない」と妙なことに感心する桜。

「やっぱり、本人のためにも、きちんとしつけしないと可哀想だね」とカスミ。

まったく違う感想を述べる姉妹たちだが、二人ともマーカスのことをとても気に入っている。

その愛くるしい容姿だけでなく、備え持ったオーラは人を惹きつける魅力に溢れている、とはいいすぎか?

六時半すぎ、やがて女性陣が揃って出掛けていった。後に残された男性陣、マーカスはケージ、私はソファでテレビを眺めていた。

七時一〇分前、「あっ、そういえば」と思い出したようにチャンネルを衛星放送に切り替えた。

すぐ近くでやっている花火大会がリアルタイムで生放送されていた。花火が打ち上がり、テレビより若干遅れ「ドーンッ！」と地鳴りのように響く爆音。その度、首をすくめ身を屈めるマーカス。そのリアクションに興味津々《しんしん》な私だった。

七時半すぎ、シャワーを浴びに二階の浴室に。花火の音に紛《まぎ》れ、マーカスの鳴き声が聴こえる。急いで身体を洗いリビングに戻った。

——あっちゃーッ！　やってくれたね、マーカス。

あろうことかトイレを外し、ウンチを辺りに……。それを踏んづけ、飛び跳ねている。おかげでケージの中は凄まじい有様だった。

慌てて雑巾《ぞうきん》片手に扉を開けると、汚れた両手足で、いきなり抱きついてきた。

——うわぁっ！　洗ったばかりなのに……。

しかし、離すわけにはいかない。とりあえず、雑巾で手足の汚れを拭い取った。更に、除菌用ウエットティッシュで二度拭きをする。「ほら、遊んで来い！」父ちゃんには大事な任務が待っている。するとマーカス、勢い良く飛び出し、またもや縦横無尽に駆け出した。

私はといえば、グチャグチャに汚れたケージの中から、取りあえずベッドとトイレトレーを取り出し、それを廊下に寄せた。そして、バケツに水を入れ雑巾で掃除を始めた。

鼻を突く異臭。息を止め、一気に後始末をしながら、ふと、思い当たる節が……。

――もしや、マーカスは排泄をすることにより、その時々の自己主張をしているのではないのか？

「まさがな、そごまで、頭良ぐねべな（賢くないだろう）」

そういって直ぐに打ち消し、単なる偶然だと自分にいい聞かせた。

掃除を終え、再びシャワーを浴びようとして足が止まった。先ほどの二の舞は御免《ごめん》だ。走り回っているマーカスを捕まえ、そのまま浴室に向かった。どうせ、ついでだ。一週間に一度で十分、と聞かされていたシャワーを前倒しにして、お互い（？）真っ裸で浴室に入った。

マーカスにシャワーを浴びせると意外なほど大人しくしている。新品のペット用シャンプーで頭から爪の先までまんべんなく洗い、耳穴に入らないよう気をつけながら、ぬるま湯ですすいだ。そして空のバスタブに一緒に入り、今度は自分の身体を軽く洗い、その後、抱きかかえたまま浴室を出た。

「しまった！」マーカス用のバスタオルを準備していなかったことに気がつき、抱きかかえたまま急いで自分の身体を拭き、そのバスタオルでマーカスの身体を拭いた。

『シャワー後はドライヤーなどでよく乾かして下さい』

チーフさんの教え・其の六を思い出し、バスタオルで包んだままドライヤーを近づけたが、思いのほか嫌われた。仕方がないので抱きかかえたままリビングに下りた。

——私は一体何をやっているのだ？

真っ裸の自分に呆れながら、マーカスをケージの中に入れ、脱衣所に逆戻りした。八時すぎ、空腹を感じ、夕食を摂ることにした。テレビで花火を鑑賞しながら缶ビールをジョッキに注ぎ、ご馳走の残りに舌鼓《したつづみ》を打っていると、マーカスが物欲しそうにじっとこちらを見つめている。

花火会場では花火が打ち上がる度に沸き上がる歓声、誰もが心から楽しんでいる様子がテレビを通じて伝わってくる。急に居た堪《たま》れなくなり、ケージの扉を開け、マーカスを抱き寄せた。「男同士二人きりだ、今夜くらい楽しもう」テーブルに戻り、私はビールを飲み、マーカスには枝豆の殻をむいて食べさせた。嬉しそうに尻尾を振りパクつく仕草、思い描いていた理想の姿だった。

ふと、しつけのことを思いつき、「マーカス、お座り！」といってみた。すると、どうだろう、一発でやってのけた。なんて賢い子なんだ。思わず頭を撫で、「ハッ！」とした。身体は乾いているようだが、トレードマークの垂れ耳が湿っていた。これはマズイ。自分の首に掛けたタオルで拭いてみたが、意外と分厚い両耳はまったく乾く気配がない。

『ビーグルは、中耳炎などの耳の病気になりやすいので、十分注意が必要です』

チーフさんの教え・其の七を思い出した。マーカスを抱えたまま慌てて脱衣所に戻り、手を噛まれながらドライヤーで無理矢理耳を乾かした。そしてリビングに下りると、「大会提供！」と声が上がり、待ちに待ったメインイベント、大会提供花火が打ち上がった。

するとマーカス、催促のちんちんをしてアピールする。枝豆を差し出すと上手にかぶりつき、食べ終わるとお代わりのつもりだろうか、ちょこんと座り待ち構えている。そのまま放置すると、堪りかねたようにちんちんして足に絡みつく。「マーカス、お座り！」再び試すと、見事に座った。やっぱり、本物だ。枝豆を差し出し、その都度、何度も試みたが打率は十割、面白いようにお座りをした。おかげで、大会提供花火は、すっかり見逃してしまった。

九時すぎ、洗い物を終え、マーカスとソファに沈んだ。チャンネルを切り替え、テレビを観る。そういえば、とチーフさんの教え・其の八を思い出す。

『ブラッシングは、ダニなどによる皮膚《ひふ》病予防のためにも、毎日こまめにしてあげて下さい』

二日目からトライしているが、身体をくねらせ嫌がられている。「シャワーも浴びたし、試してみようか?」ブラシを引き寄せ、軽く背中に当ててみた。「おっ、大人しくしている。この調子だ！」そのまま、ゆっくり優しくブラッシングした。

それにしても、痛くないのだろうか？　犬用ブラシの先は結構鋭く、まるで剣山《けんざん》みたいだ。

「人間だと一溜《ひとた》まりもないだろうな」ブラッシングをしながら、そんなことを思い浮かべていると、ふと昔のことを思い出した。

私は小学校の低学年の頃、一度だけ犬を飼ったことがある。血統書がついていたかは記憶にないが、牡のポインター、名前は〝ビック〟で、外に置いた犬小屋で暮らしていた。

当時の餌は、主に残った米飯と味噌汁。一日にあげる回数は忘れたが、毎回ガツガツ食らいついていた姿は鮮明に覚えている。手入れについては、ブラッシングなどしたこともなく、車用の洗浄ブラシを使い、真水と石鹸で身体を洗っていた。散歩は、近年街で見かける光景とは大分違い、ビックが私を引きずりながら畦道《あぜみち》を急ぎ、田んぼや原っぱを一緒になって駆けずり回っていた。ロクにしつけはしなかったが、噛まれた記憶はない。傑作《けっさく》だったのは、散歩に行きたいがため、自分の小屋を引きずって走り出すという怪力ぶりを披露した時だった。その様子に慌てふためく父親たち、私は腹を抱えて笑っていた。

しかし、それも長くは続かなかった。

季節は冬、しんしんと降り積もる雪の中、ビックは小屋の中には入らず、自宅の外壁との隙間に身を潜め、ひっそりと冷たくなっていた。そのやせ細った亡骸《なきがら》は、今でも目に焼きついている。あの時、声がかれるまで泣きじゃくったことも。

――犬は寿命を迎えると、誰にも看取《みと》られないよう、隠れて死んでいくものだ。父親の言葉がトラウマのように耳にへばりつく。あんな思いは、もう沢山《たくさん》だった。

あれから数十年後、糸をたぐり寄せるようにマーカスと出逢った。放し飼い同然だった当時と違い、今や栄養管理の行き届いたドッグフードに定期的な予防接種と至れり尽せり。マーカスには、あんな寂しい思いをさせずに済みそうだ。


やがて、妻が一足早く帰ってきた。

「ただいま、どうだったマーカス。大人しくしてた？」

「まずな、なんとかなった（まあね、どうにかなったよ）」

何もなかったのでは不自然と思い、シャワーを浴びた件《くだり》だけ話して聞かせた。

「偉いね、マーカス。もう、シャワーデビューしたんだ」

マーカスの名誉のためにも、ウンチの一件は省いた。何も知らない妻は手放しで喜び、彼を抱きしめている。

やがて、一時間ほど遅れて姉妹が帰ってきた。賑やかなこと、この上ない。

「お母さん、聞いて。あんな混雑している中、拡声器をぶら下げて、立ち止まって叫んでいた団体がいたんだよ。まったく、邪魔くさいったらありゃしない」帰る早々、カスミは口を尖《とが》らせた。「おかげで、一時間以上も掛かっちゃった」

「お姉ちゃん。だから、遠回りはよそうっていったじゃない」

どうやら、カスミの提案で、わざわざ人混みを選択し、花火大会の醍醐味《だいごみ》を味わったらしい。桜が呆れるのも無理はない。

「良いじゃない、すぎたことだし」と、前向きな妻が話を切りかえた。「そんな話より、マーカスが早くも、シャワーデビューしました。偉いでしょう、褒めてやって」

そういって、次々と抱き寄せ、彼をたらい回しにしている。

何だか、ドッと疲れが……。今夜も早目に退散しよう。グッスリ、眠れそうな気がした。

七日目　嵐の日曜日

五時すぎ、いつもの朝が来た。マーカスは相変わらず元気一杯だ。

それにひきかえ私ときたら、どうも娘たちが気になり筆が進みそうにない。ラジオに耳を澄ませ、ぼんやり動画を眺めていると、マーカスの朝食を忘れそうになった。

「おはよう、寝坊しちゃった。今朝はパンでもいい？」

そう妻に訊かれたが、私に異論などあるはずもなく、ケージの中から餌入れを取り出し、黙って頷《うなず》いた。

マーカスはといえば、個性的な姉妹の突然の登場に調子が狂ったのか、朝食後、大人しく寝息を立てている。

やがて、我々の朝食。妻の手作りサンドウィッチとブルーベリージャムの入ったプレーンヨーグルトをコーヒーで流し込み、デザートのオレンジを平らげた。

「お父さん、小説、進んでる？」

「それが、ながなが、はがいがねぇ（中々、はかどらない）」と呟いて、パソコンに向かった。

「おはよう、マーカス。元気にしてた？」

宵《よい》っ張《ぱ》りのカスミに叩き起こされ、マーカスがのっそりと立ち上がった。そしてケージの扉が開けられ、トコトコと外に出た。昨日に引き続き、ボール遊びを始めたが動きが鈍い。それでもカスミは、遊びを止めようとはしなかった。

「カスミちゃん、サンドウィッチ食べるでしょ」

「ありがとう、お母さん。でも、時間がないから、包んでくれる？」

耳を澄ますと、「車の調子が悪く、ディラーに見せに行く約束をしている」とのこと。「お昼前には向こうに着きたい」ということで、私は残念に思った。どうりで、マーカスと名残惜《なごり》しそうにじゃれている。

「またね、マーカス。元気にしてるんだよ」

「気をつけてね、カスミちゃん。ところで桜、何やってるんだろう？　飛行機に間に合わなくても、知らないから」

「えっ？　桜なら、明日帰るそうよ。お母さん、聞いてなかった？」

初耳だった、少なくとも私は。「土日の飛行機のチケットは割高で、敢えて月曜日を予約した」とのこと。

「やだー、あの子ったら、一言も聞いていないわ。まったく、マイペースなんだから」

確かに……。マイペースは、母親譲りかも知れないが。

「じゃあね、お父さん。近いうち、また来るから、しつけ頑張って」

「ああ、まだ来いな。楽しみにしてる」

昨日より、少し長めに話をすることができた。これも、マーカス効果か？　何はさておき、共通の話題ができたことは、嬉しいことこの上ない。

カスミが帰り、ポッカリ穴があいたリビングに、いよいよ真打ちの登場。スマートフォン片手に、眠そうに目をこすりながら、桜が顔を出した。

「おはよう。お姉ちゃん、もう行った？」

「また呑気なことを、明日だと空港まで送っていけないからね」

「えっ、お父さんが送ってくれるんじゃないの？」と、何気なく無茶をいった。

「無理だ。ここしばらく運転してね」と私。

「いいよ、電車を使うから」といって、桜は椅子に腰を下ろした。「そんなことより、お腹すいちゃった。お母さん、早くして」

「桜ったら……。まったく、マイペースなんだから」

わが娘ながら、呆れるしかなかった。これで来年から社会人とは……。先が思いやられる。

遅い朝食を平らげ、桜がマーカスとボール遊びを始めた。眠気が吹っ飛んだのか、マーカスの動きにキレが戻ってきた。

「さすが狩猟犬、動きが素早い。兎《うさぎ》狩りが得意って、本当みたいね」

どこからの情報なのか、よく調べている。「ところで、散歩ってどうしているの？確か朝晩、毎日っていってたよね」

「まだ、ちいせがら（小さいから）無理するなって、いわれだ」

相変わらず、母親譲りのエッジの効いた質問、痛いところを突く。私は、言い訳に聞こえないよう、さらりと答えた。更に、〝フィラリアや狂犬病の予防接種もまだ済んでいない〟と強調した。

「フーン。よくわかんないけど、ストレスにならなきゃいいけど」

お前にいわれなくてもわかっている、といいたいところを飲み込んだが、桜が正しいことは知っていた。「マーカスって行動的だから、早目に外で遊ばせた方が良いよ」桜の言葉が胸に突き刺さった。そうだよな、飼い主の都合でペットに我慢を強《し》いちゃいけない。彼らに選択の余地はないのだから。

「桜、余計な口出ししないで頂戴《ちょうだい》。予防接種がまだ済んでないっていったでしょ。よその人に噛み付いたりしたら、大変なんだから」と妻が助け舟を出した。

「だったら、他人に会わないよう時間帯をズラしたら良いじゃない。お父さん、時間あるんでしょう。工夫しなくちゃ、マーカスが可哀そうだよ」

もっともな意見に、返す言葉がない。

「桜！　なんなの、そのいい草は。お父さんに謝りなさい」

「どうして？　本当のことをいっただけじゃない」

やめてくれないか……。

「あなたね、お父さんの病気を知ってて、そんなことといってるの？」

「私はマーカスの話をしているだけだわ」

だから、やめろといっている。

「やっと、やっと、笑えるようになったのよ。お薬だって……」

「そうやってお母さんが甘いから、お父さんがどんどん……。いい加減、気づいたら？　あの時だって……」

「あの時？　桜、あなた何がいいたいの」

「家に救急車を呼んで、大騒ぎだったんでしょ？　首の傷痕《あと》のこと、私たち姉妹が何も知らないとでも思ってるの？」

——どうやら、昨年の夏の話をしているらしい。夕食中に酔った勢いで口論となり、妻が外に飛び出したすきに、私は二階で衝動的に自殺未遂をしでかしてしまったのだった。

ふと、二階の寝室のクローゼットで、電気コードを首に巻きつけ、ぶら下がった自分の無様な姿が蘇った。あの時は、救急隊が駆けつけ、一命を取り留めたのだった。いや、その前に……。妻の施した人工呼吸がなければ、存在すらしていなかったかもしれない。

「あれは酔っ払った上での事故、お父さんは本気じゃなかったのよ。それに、誰にも迷惑なんか、掛けていないわ」

「あげく、入院……」

確かに、救急車で総合病院に搬送されたが、ベッドの空きがないとのことから、二〇キロほど先の精神科病院を紹介され、そのまま入院したことに間違いはない。

「流れでそうなったけど、元々は警察の指導に従って入院しただけじゃない。何か問題でもあった？」

「そうやって、いつも開き直るんだから。世間がお父さんのことをどう思っているのか、お母さんは気にならないの？」

「世間？　世間の誰が無責任なことをいってるの？　だとすれば、れっきとした侮辱罪よ」

「友達からは陰口を叩かれるし、これでも結構困ることがあるんだよ。お母さんは鈍感だから、お気楽で平気かもしれないけど」

〝ドンッ！〟私は思いっきりテーブルを叩いた。

「お父さん……」

「何よ、お父さん！　脅《おど》しのつもり？」

私は思わず立ち上がり、わなわなと身体を震わせていた。……握りこぶしが燃えるように痛い。

「本当のことを話しただけじゃない。殴りたかったら、どうぞ！」

「わのわらし（自分の子供）、殴れるわげねえべ。だどもな桜、お母さんを馬鹿にするごどだけは許さね。直ぐ、ででいげ（家を出て行け）！」

理不尽なことは重々わかっていた。自分の弱さを指摘されムキになったことも。しかし、妻の気遣いを踏みにじる、心ない物言いだけは許せなかった。

『仕事を終え、家が段々近づいて明かりが灯《とも》っていると、それだけでホッとして涙がこみ上げる。良かった、今日も生きていてくれたって……』

マーカスが我が家にやって来るつい先日まで、妻が呟いていた悲しい口癖。気の遠くなるような長い間、私は取り返しのつかない、本当に辛い思いをさせてしまっていた。だからつい……。

「わかった、出ていけばいいんでしょ！」桜が立ち上がった。「でもその前に、さっきお父さんがテーブルを殴ったとき、マーカスが外に出て行ったわよ。追いかけなくても大丈夫？」

我々の背後で、柵に見立てたキャリーを乗り越え、廊下に出て行ったという。

「ばが、それを早ぐいえ！」

「まったく、桜ったら」

我々は慌てて廊下に出た。しかし、マーカスの姿は見当たらない。隣の日本間も玄関もドアが閉まっている。残るは二階。「まさか？」と思いながら、寝室に向かったがもぬけの殻。子供部屋も、ドアは閉まっている。残るは浴室だけ……。

すると、クーン、クーン、と例の鼻声が。

「ちょっと、ヤダーッ！　どうして、こんなところに入ったの？」

妻の声がマーカスの居場所を知らせた。

「アハハ！　お風呂に入りたいんだ。一丁前だね、君は」と桜の笑い声。

どうやら、昨夜の一件で味をしめ、空のバスタブに飛び込んだ……までは良かったが、不安になったのか、中でちんちんしていた。その困った顔が滑稽《こっけい》で、思わず笑ってしまったが、桜との気まずさが解けたわけではない。憮然とした態度で、マーカスを抱き寄せた。

「でも、どうして浴室に入れたのかしら？」と首を傾げる妻。

「ああ、さっきシャワー浴びた時、少し開いてたんじゃない」と無責任な桜。

「まったく、桜ったら……。ずぼらなんだから」

「アハハ！　ごめんなさい」

大人気がないと知りながらも、無邪気に笑う桜に腹が立った。何を笑っている、マーカスの身にもなってみろ！　万が一湯が出てきて、溺《おぼ》れでもしたらどうしてくれるんだ！　と心の中で叫んでいた。

「お父さん。昨夜、バスタブに入れたりしないわよね」と妻の視線が……。

「ん？　なんのごどだ、オラ知らね」

やがて、キャリーに代わり、背の高いキャスター付きギターアンプを柵代わりにすることになった。

午後七時すぎ。

夕食時、何事もなかったような顔をして、いつもの席に座った桜。それが気になり、大好物の妻お手製のおでんと手羽先《てばさき》の揚げ物を目の前にして、思うように箸《はし》が進まない。

――桜、どうしてお前は、そんなに鈍感なのだ?

「お父さん。さっきはごめんね、つい口が滑っちゃった」

――またしても、口が滑ったとは……。

「桜、そんないい方ないでしょう。謝るのなら、きちんと謝りなさい。家だったら、いつ出て行っても構わないのよ」と妻。縁を切って仕送りを止めるだけ、といわんばかりの勢いだった。

「お母さんが怒るのは勝手だけど、これでもお父さんのことが心配で、ゼミの教授に相談してみたんだ」

桜の意外な発言に、私と妻は思わず顔を見合わせた。

「教授の話によれば、あくまで病状によるけど、抗うつ剤などの向精神剤や睡眠薬は副作用が強く依存性が高いので、主治医とよく話し合って、慎重に服用すべきだってさ」

近年は、薬に頼らない治療が成果を上げている。セカンドオピニオンを真剣に考えてみる時期かも知れない、と教授からアドバイスされたと付け加えた。

「桜、何も知らねえでわるがった。お父さんのごど、心配してげで（くれて）ありがどな」

「水臭いこといわないで、私たち家族じゃない」と、泣かせることをいう。若干「上から目線」を感じなくもないが。

……まったく、この娘《こ》には負ける。

「桜、ありがとう。でも、一歩遅かったね。お父さんなら、もう大丈夫」と妻が勝手に太鼓判《たいこばん》を押した。「薬を絶ってから今日で七日目。お父さん、頑張っているんだよ」

そういわれ、第一関門をクリアしたことに気がついた。マーカスと暮らし始めてはや一週間。日常に追われ、すっかり薬のことを忘れていた。四年間も飲み続けた薬を、こうもあっさり止められるものなのか。ふと、疑問符が浮かんだが、深く考えることはやめ、自分なりに〝要は、禁煙みたいなもの〟と、軽く受け流すことにした。

「私も誤解を招くような、生意気ないい方しかできなくて、ごめんなさい。一番つらいのは、お父さんなのにね」

いつのまにか、すっかり大人になっていた愛娘《まなむすめ》。父娘喧嘩《げんか》もそろそろ潮時なのかも知れない。私は桜のコップにビールを注いだ。

その夜、久しぶりに桜と酒を酌み交わしながら、語り合った。話題は、もっぱら好きな小説についてだった。

「今は、鮎川《あゆかわ》ソラにハマっている。可笑しいでしょ？　今更って感じで」

元教師という経歴を持つ鮎川ソラは、少し前に不倫をテーマにした私小説で人気を博し、独特の感性でものごとを赤裸々《せきらら》に描き切ることが特徴の恋愛小説家だ。そんな桜、一番のお薦《すす》めは、オーケストラを題材にした小説。さすが小学から高校まで、吹奏楽部で鳴らしただけのことはある。

「お父さんは、どんな本が好きなの？」

今は、ほとんど読まない。つたない文章でも、自分の言葉で表現している方が落ち着く、とコメントだけは作家並みの御託を並べた。

「へぇ、どんな物語を書いているの？」

と訊かれ、例のサスペンス（？）のあらすじを話して聞かせた。是非、読んでみたい、といわれ、完成したらメールで送る約束をした。

「ところで、桜。実は別の物語が浮かんでいるんだ」

そういって私は、マーカスと出逢ったあの日、国道で偶然目にした盲導犬の話をした。彼らに興味が湧き、小説の題材にすることを思いついたこと、そして、本当は図書館に出向いて詳しく調べたかったが、その一歩が踏み切れず、仕方なくインターネットの事典サイトで情報収集をしたことなどを並べ、頭に浮かんでいるストーリーを話し始めた。

——サッカー小僧だったその青年は、自分の過ちで交通事故を起こし、失明してしまう。

やがて人生に絶望し、悶々とした日々を送る。

そんなある日、彼は盲導犬と出逢い、一念発起《ほっき》して、整体師の修業を始める。そして、ある女性とパラリンピック出場を目指し、マラソンを始めるのだが……。

この物語のポイントは、コメディタッチで描き切るということだ。合コン好きの兄《あに》弟子《でし》など、個性派揃いの脇役陣に囲まれ、主人公が成長する物語。頭の中では、ほとんど出来上がっていた。

「へぇ、面白そう。盲導犬がポイントってわけね」

お褒めの言葉を頂き、気分を良くした。

「せっかくだから、その作品も、応募したら良いじゃない」

なるほど、それもいい手かも知れない。サスペンス物と掛け持ちも悪くない。

「途中までできたら、読ませてくれる？」

桜との距離がすっかり縮まったのを感じた瞬間だった。明日になれば北海道へ戻る娘、及ばずながら、あなたの幸せを願わずにはいられない。ビールを飲みながら、そう感慨に耽っていた。

一方、マーカス。私たち父娘が盛り上がっている姿は、君の瞳にどんな風に映っているのだろうか。君のおかげで、私は生きる自信を取り戻しつつある。今度は私が勇気を見せる番だね。明日が待ち遠しくて堪らない、そんなことを考えられるまでになっていた。

八日目　クヤション

桜が朝一番の飛行機で帰って行った。朝から雨空、祭りのあとの淋しさが漂う。妻も市役所に出勤し、私とマーカスの日常が始まった。

早速、桜に話した小説を書きはじめてみた。私は一行目のフレーズが浮かぶと、後は内容を吟味《ぎんみ》することなく筆が進む。その良し悪しは別として、平気で二、三時間は書き続ける。よって、つい時間を忘れ夢中になり、またしても私の唯一の仕事、マーカスの大事な朝食を忘れそうになった。

これではいかん。次回から目覚まし時計をセットすることにした。その甲斐《かい》あって、ディナータイムは遅れずに済んだ。

やがて午後六時すぎ、思いのほか筆が進み機嫌良くしていると、妻が帰宅した。

「あのさ、図書館で調べたんだけど、始めの一週間はケージから出さない方が賢明なんだって。何よ、今更！　って感じじゃない」

顔をしかめ、珍しく憤慨している。こんな時は下手に口を挟まず、聞き手に徹するに限る。マーカスはといえば、ケージの中で狸寝《たぬき》入り、もとい犬寝入りを決めていた。

夕食の準備が整い、食卓を囲んだ。すると、にわかにマーカスが騒がしくなった。ジャンプをしながら盛んにアピールしている。

「まさか、オシッコしたりしないわよね」

「カスミだちのおかげで、調子狂ったんたべ。なんも、心配いらね」

しかし、私の予想をあっさり裏切り、これ見よがしにトイレを外し、ケージの中で見事にやらかしてくれた。私は食事を中断し、ケージを掃除しようと扉を開けた。すると、その隙にまたしても飛び出し、妻の逆鱗《げきりん》に触れた。

「マーカス！　いい加減にして頂戴！」

前回の轍《てつ》を踏まぬよう、椅子はテーブルの中に押し入れてあった。食べ物に食らいつく心配はないものの、ちんちんしながら妻におねだりしている仕草は、幼子のそれとよく似ている。私はその光景を目にして、マーカスの陰謀に気がついた。

——もしかして、彼はわざとやっているのではないのか？

「だったら、扉を開けないで、掃除をすればいいんだよ」

妻はトイレ掃除用具に雑巾を縛り付け、ケージの上から排泄物を拭い取ることを提案した。「もし、オシッコを踏みつけた場合はどうする？」の質問には、「踏みつける前に片付ける」と無茶をいった。

「なんでも、やってみなくちゃわからないでしょ。今夜は私が見張っているから、あなたは食器を洗って頂戴」

そういって、ケージの前に椅子を置き、マーカスの監視を始めた。

その姿に、ふと、チーフさんの教え・其の九を思い出す。

『しつけは、一に辛抱二に忍耐。正に、千里の道も一歩から、努力の積み重ねに尽きます』

そんなことを考え食器を洗っていると、妻が実況報告を始めた。

「見て、見て、ウロウロし始めた。きっと、オシッコだよ」

ケージに目をやると、確かにトイレを行ったり来たりしている。「マーカス、オシッコはトイレにするんだよ。いい子だから、いうこと聞いて」

妻はケージの上から手を差し伸べ、「マーカス、こっちだよ！」と必死で指示をしている。しかし、大きなタメ息が漏れた。「ああ、駄目だって……やっちゃった」

早速、新兵器の出番だが、今度はそれに絡みつき、尻尾を振って楽しんでいる。彼にとって、構ってもらえるだけで嬉しいらしい。結局、踏み荒らし、手足はオシッコでビショビショ。それを拭き取るため、扉を開ける羽目になった。

「まったく……。世話の焼ける、困ったちゃん」妻がため息を漏らした。

私は洗い物を中断し、マーカスを抱きかかえた。そして、妻が除菌用ティッシュで手足を拭いていると、私の腕をすり抜け、身体をよじらせて飛び降り、またしてもドッグラン。リビングを一心不乱に駆け出した。

「あなたのいうとおりね。さしずめ、クヤション（悔しいションベン）ってとこかしら」

クヤション？　なるほど、いい得て妙だ。私が走っているところを捕まえ、ケージの中に入れると、夢中で水を飲み出した。やがて申し訳程度のオシッコ、クヤションを……。その繰り返しだった。

「ああ、また飲んでる。来た当初は、全然減らなかったのに」

ウォーターディッシュのボトルの水が忽ち減っている。今夜は長期戦になりそうだ。

久しぶりにバーボングラスを傾け、新作『それがどうした。』の続きを執筆するとしよう。それにしても、いざ視覚障害者について書いてみると言葉づかいが難しい。「盲人」などと表現して問題はないのだろうか？　とにかく色々調べあげ、慎重に書き進めなければ……。

――ああ、図書館に行けたらな……。

十三日目　マーカス、お前もか！

九月一日、土曜日、午前七時すぎ。

いつもより早目にマーカスの朝食を終え、私は三日前からやっとその気になった筋トレの一つ、ベンチを使っての腹筋を始めた。困ったことに、マーカスがお腹に飛び乗り、余計な負荷を掛けてくる。おかげで効果抜群だが、いつもと違い、のんびりしている時間はない。

今日はマーカスの健康診断のため、五〇キロ先の動物病院まで出掛けることにしている。

わざわざ遠出する理由は、マーカスを購入したペットショップと提携しているため、費用が無料ということ、更に保険が適用され、検査や治療費が三割負担で済むという利点からだった。しかしもう一点、地元では人目を気にする対人恐怖症の私、それを気遣う妻の思いやりを忘れてはいけない。

私はマーカスを入れたキャリーを抱えて後部シートに乗り込み、いよいよマーカスとの初めてのお出掛けに出発した。妻が運転する道中、珍しいことに、マーカスが大人しく眠ってくれている。いつもこうだと、有難いのだが……。

ここ数日、マーカスの成長は著しく、柵代わりに置いたギターアンプを軽々と越えるほどパワーアップした。代わりにネットで取り寄せした子供用ゲートが活躍している。同時に食欲（?）も旺盛《おうせい》で、暇があればベンチやテーブルに椅子、引き出しの取手やパソコン机等々、トイレトレーまでかじりつき、餌食《えじき》となっていた。フローリングに敷いていたゴザシートはボロボロとなり廃棄、リビングのあちこちに、かじり防止の苦味剤スプレーを撒き散らす羽目になった。

「噛み付きは乳歯が抜け、永久歯が生えかわる七ヶ月頃まで続くらしいわ。噛み癖がつかないよう、今からしつけはしっかりしないとね」

病院を目指す道すがら、妻はハンドルを切りながら、自分にいい聞かせるように呟いた。

妻にいわれるまでもなく、私の手足はマーカスの噛み傷で歯型と絆創膏《ばんそうこう》だらけ。近頃は暑さを我慢し、噛み付かれても平気なように、ロングTシャツにルーズパンツを合わせている。

やがてカーナビゲーションを頼りにたどり着いた病院の狭い駐車場に妻が車を停めた。全部で一〇台ほど停められるスペースは満車だった。

「やっぱり混んでる、土曜日だもんね。お父さん、どうする？　受付してくるから、マーカスと、このまま待ってる？」

私は、「その必要はない」と首を振り、キャリーを片手にドアを開けた。

院内に入ると、当然ながら、ペットを抱えた飼い主で溢れていた。丁度受付に呼ばれた飼い主から、〝どうぞ〟といわれ、会釈《えしゃく》をして二人で腰掛けた。

慣れた様子の周りに比べ、いかにも初心者然としている我々。おまけに、膝の上の真新しいキャリーがひどく大げさだ。私は気恥ずかしくなり、そっと床に置いた。

――ごめんよ、マーカス。見栄っ張りな父親で。

やがて、妻が受付を済ますと、看護師さんがアンケート用紙を片手に現れた。氏名の欄に『月岡《つきおか》マーカス』と私たちの苗字が書かれている。思わず妻と顔を見合わせ、微笑んだ。本物の親子になったような気分だった。

「マーカスくんは、甘噛みはどうです？　上手にできますか？」

いきなりそう訊かれ、戸惑った。マーカスの噛み付きを〝甘噛み〟と呼ぶには、余りにもかけ離れている気がしたから……。

「まだ、程度がよくわからないようです。主に主人が世話をしているのですが、よく噛み付かれ怪我《けが》を負っています。どうしつけしたら良いのか、思案していたところでした」

妻が答えた。すると看護師さんは、妻の心配を理解している様子で軽く頷き、「大丈夫ですよ」と優しく微笑んだ。

「ビーグルちゃんは、非常に穏やかで社交的な性格をしているため、家族以外の人に噛み付くということは、あまりありません。そのため、比較的噛み癖が出にくい犬種だといえます」

看護師さんの言葉に一先ず安心した。要は私が噛まれていれば済む話だ。「そのため、仔犬の時期に甘噛みをやめさせるよう、きちんとしつけをすることが大切です。基本的には無視することが効果的で、噛むとかまってもらえなくなる、遊んでもらえなくなる、というふうに覚えさせたら良いですよ。とっても、淋しがり屋の甘えん坊さんなんです」

カスミのいっていた通りだった。噛まれたら迷わず避難、それなら私にもできそうだ。

やがて、検診の番が回ってきた。マーカスが看護師さんに連れられ、診察室の中に入っていった。

——知らない顔の医師が怖くて鳴き声を上げ、困らせたりはしないだろうか？

私は気が気でなかったが、そんな心配は杞憂《きゆう》に終わった。私が診察室に呼ばれ、若い女性獣医の説明を聞いている間、マーカスは魔法にでも掛けられたように大人しくしていた。

——マーカス、お前もか！　若い女性に目がないのは。

無事、検診も終わり、待合室に腰掛けていると、隣席のダックスフンドの飼い主が妻に話し掛けてきた。そして、「夫が犬好きで飼ってはみたものの、世話の一切を押し付けられ困っている。おまけにこの子が病気がちで、毎週ここに通っている」と愚痴《ぐち》をこぼし始めた。お洒落《しゃれ》な佇《たたず》まいから、経済的には大分裕福そうだが、血色の悪い疲れた顔をしている。〝育犬ノイローゼ〟……数日前、偶然ラジオから聞きかじった、とても嫌な響きが頭をよぎった。

やがて、妻が会計を済ませ、病院を後にした。

「特別、異常もなくて、とりあえずは一安心。フィラリア予防も済んだことだし、色々準備しなくちゃ」

こうして、正午はすぎていたが、例のペットショップに立ち寄ることになった。あれから二週間、キャリーに入れたマーカスと古巣に顔を出すのは、少し照れくさかった。

「あらー、ビーグルちゃん。元気にしていた？　大きくなったこと」

店内に入ると、早速チーフさんが側に寄ってきた。キャリーの中を覗き、嬉しそうに挨拶している。

「お久しぶりです。フィラリアも終わったので、そろそろ、かな？　と思いまして。一緒に見てもらえます？」と妻が意味深ないい方をした。

すると、チーフさんに案内されたのは首輪コーナーだった。

「お父さん、何色が良いと思う？」

「マーカスなば、青、似合うんでねが？」

先ほどのダックスフンドは派手すぎる赤のハーネス（胴輪）に赤のリード（引き紐《ひも》）。大きなお世話だろうが、あれは頂けない。

私は迷わずネイビーブルーを選んだ。ハンサムな彼にはシャープな色合いが似合う。すると、試着もできますよ、とチーフさんが嬉しいサービスを口にした。早速、ハーネスを数着持って、試着台に向かった。

「うん。お父さんのいうとおり、ネイビーが一番合うみたい。これに決めましょう。それから――」

ゴム製ラバーブラシとドッグフード、替えのベッドと歯ブラシ効果のある骨（？）

の玩具《おもちゃ》を購入し、ショップを後にして帰路についた。

途中、マーカス受入時に寄ったコンビニの駐車場で昼食を摂ることにした。すると、あの時の光景が蘇り、妻と顔を見合わせ、思わず苦笑いをした。キャリーからいきなり飛び出し、ウンチの洗礼を受けたあの夜。ほんの二週間前の出来事が、ひどく懐かしかった。

「私、マーカスと待ってるから、お父さん、先に買ってきて」

「わがった。おめの分も買ってくるがら、何食べで？」

店内に入ると、昼時をすぎたせいだろうか、弁当コーナーの棚はガラ空きで、選択の余地はなかった。仕方なく、妻のリクエストのハムサンドウィッチと野菜ジュース、そして自分用の幕の内弁当と缶ビールを手にして、レジに向かった。精算の途中、アイスクリームを忘れたことに気がつき、慌ててオープンケースからソフトクリーム一つを手に取り、再びレジに向かった。

そして、急いで車に戻ると、妻が怪訝《けげん》な顔をして待っていた。

「お父さんがいなくなった途端、鳴き出すんだもん。どうしたのかしら？」

「ん？　オラ知らね。早ぐ、食べるべ」

そういって、車の中で遅い昼食を済ませた。その間、すっかり昼のつまみ食いが癖になっているマーカスが騒ぎ出したが、私は素知らぬ顔をした。

――許せマーカス、月曜まで、我慢するのだぞ。

やがて、我が家に到着。早速、妻がマーカスにハーネスを着せた。

「ワーッ、ピッタリ！　よく似合ってるよ、マーカス」

私の見立てに狂いはなく、マーカスの男前をなお一層引き立てた。

すると、妻がリードをハーネスに取り付け、散歩の真似事を始めた。

「あら、お上手。お利口だね、マーカス」

ドヤ顔でトコトコとリビングを歩き回るマーカス。私はといえば、パソコンに向かって、見て見ないフリをした。

夜、昼食時の報復か、いつにもましてマーカスのアピールが激しい。勿論、クヤションもやらかし放題だった。

十四日目　旅立ちの日

暦の上ではすっかり秋だが、今年は異常気象らしい。朝から照りつける太陽、窓辺に座ったマーカスは、恨めしそうに外を見つめている。まるで、「早く遊びに連れてっておくれよ！」と催促するように。

休日出勤で妻が留守のため、いつもの日曜日より時間が前倒しになっていた。マーカスの朝食が終わり、私は早々にパソコンに向かった。

月曜日から取り掛かった『それがどうした。』。早くも、起承転結の承を終えようとしていた。書き進めるうち、ふと、この作品を十月末締め切りの新人賞に応募したらどうだろうか？　と考えていた。このペースで書き進めば、規定枚数をクリアして、十分に間に合いそうだった。そして、頓挫《とんざ》しているサスペンス物は、十一月下旬の小説賞に間に合わせる。

作品のチェックを桜に頼む手もアリだな、などと勝手なことを思い描きながら、俄《が》然《ぜん》張り切って、執筆に没頭した。

すると、あっという間に時間が経ち、いつのまにか正午になっていた。それにしても暑い。近頃、昼酒は控え、きちんと昼食を摂っていたが、今日は日曜日。休みの日くらい構いやしない、とばかりに缶ビールを開けた。

――クーッ！　堪らない。

久しぶりの昼酒が五臓六腑《ごぞうろっぷ》に染み渡る。するとマーカスが、ケージの中から咎《とが》めるような眼差《まなざ》しを向けている。まるで、〝あなたは毎日が日曜でしょ〟といわんばかりに。「わかったよ、マーカス。こうなったら同罪だ」缶ビールを片手に扉を開け、おかずのおすそ分けをした。

——ほら、たんとお食べ……。

十二時五〇分すぎ。突然、固定電話が鳴った。電話嫌いの私は、そのまま放置して、留守電の声を待った。

『ピーッ。——お父さん、可南美です。大至急、折り返してくれる？　お願いします』

珍しく切羽詰まった声に胸騒ぎを覚えた。慌ててスマートフォンに折り返すと、呼び出し音ワンコールで声が聞こえてきた。

『ごめんね、お父さん。実は頼みがあって——』

桜の机に置いてあるラップトップの上に、大事な書類を忘れた。ついては、会議が始まる一時半までに、役所に持ってきて欲しいと頼まれ、電話が切れた。

「あっちゃーッ！　困ったね。飲んじまったで」

愛車で向かうわけにもいかず、歩いて出掛ける決心をした。自宅から市役所までは約三キロ、急げば十分間に合う。

私は茶封筒片手にリビングを出て、ハンチング帽を被ると玄関の上がり框《かまち》に腰を下ろし、スニーカーを履《は》こうとした。すると、クーン、クーンとマーカスの鼻声。そうだった、どうしよう。一人で外に出るだけでも数ヶ月ぶりなのに、その上、マーカスを一人にするなんて……ありえない。思い直し、リビングに戻って再び妻に電話を掛けたが、呼び出し音が聞こえるだけ。恐らく、会議の準備で忙しくしているのだろう。

「はて、どうする?」マーカスはといえば、ケージの中で首を傾げ、私を見つめている。外は快晴、出掛けるにはもってこいの天候だ。すると、ピアノの上に置いた〝お出かけセット〟と称した手提げバックが目に付いた。思わずそれを手に取り、ハーネスを取り出す。そしてケージを開け、それをマーカスに着せ、自分はスニーカーを引っ掛けた。

腕時計は13:13:13を表示している。「ヤバイ! 急がねば」それにしてもゾロ目とは、単なる偶然だろうが幸先が良い。気分を良くして、マーカスを抱えたまま外に出て、早足に歩き出した。

太陽が燦々《さんさん》と降りそそぐアスファルトを踏みしめていると、五分も経たずに汗ばんできた。私は久しぶりの感触を味わいながら、閑散としている休日の道路を急いだ。

それから一〇分ほど歩いただろうか。「もう、大丈夫かな?」そう思い、マーカスをそっと地べたに下ろしてみた。すると、トコトコと歩き出したではないか。

――なんて、利発な子なんだ。よし、このまま行ってみよう!

こうして、途中、何度も立ち止まったが、やっと国道にたどり着いた。

――もうすぐだ、マーカス。お母さんが待っている。

庁舎の駐車場付近に到着すると、ジョギング姿の人々で溢れていた。以前、毎年のように参加していた市民マラソン、今日がその日であったことをすっかり忘れていた。街の中を走り終えたランナーたちが、続々とスタート地点に帰ってきていた。

「あっ、きたきた。お父さん！　こっち、こっち！」

沿道で妻が手を振っている。私とマーカスは急ぎ足で向かった。時間は13：35……、制限時間を僅《わず》かにオーバーしていた。

「悪《わ》り、おぐれでしまった」

「いいの、いいの。ところで書類は？」

「あっ！」と声を上げたが後の祭り、玄関先に置き忘れたことを思い出した。やけに身軽なはずだ。すまない可南美、役立たずで……。

「大丈夫、よく考えたら、ＵＳＢに保存しておいたから。それにしても、よく歩いてきたわね。てっきり、車で来ると思ってた」

その質問には答えず、私はマーカスを抱きかかえた。すると――

「まあ、可愛いワンちゃん。お名前は？」と、マラソンの見物客のご婦人が目を細めた。

愛くるしい彼の容姿に目を奪われたのは、ご婦人一人だけではなかった。次々と声を掛けられ、我がことのように舞い上がった。ゆっくり見せたいところだったが、狂犬病予防接種は済んでいない。万が一を考え、退散することにした。人気者のプリンスを従え、私は人ごみを掻き分け家路を急いだ。復路、三〇分の道のりは足取りも軽く、いつのまにかマーカスと駆け出していた。この分だと明日は筋肉痛だろうな、と危惧《きぐ》しながらも、程よい疲労感に包まれた初秋の午後だった。

こうして、記念すべきマーカスのお散歩デビューは、予期せぬ形で始まり、あっさりと終わりを告げた。いや、〝予期せぬ〟とは間違いかも知れない。毎度のことながら、妻の小粋《こいき》な企みには脱帽せざるを得ない。玄関に忘れた封筒の中身は、実は会議資料ではなく、マーカスの生涯一度の出生登録書類だったのだから。

夕食後、シャワーを浴びようと二階に上がった。ふと、汗で汚れたタオルをソファに置き忘れたことに気がつき、階段を下りると妻の話し声が聞こえてきた。

「マーカス、お父さんを外に連れ出してくれて、本当にありがとう」

そうなのだ。お散歩デビューを果たしたのは、私の方なのだ。「またお願いね、頼りにしているよ」

シャワーを浴びていると、鼻の奥がツンとした。鏡に映った自分の顔がぼやけて見えないのは、シャンプーが沁《し》みたせいだけではない。

――そうだ、明日は図書館に行こう。

私の中で、何かが確実に変わりつつあった。

マーカスがおしえてくれた、誰にだって、最初があるってことを。

マーカスがおしえてくれた、最初の一歩を踏み出すのは、容易《たやす》いことだってことを。

そして、マーカスがおしえてくれた、人生はいつからだって、どうにかなるってことを。

十五日目　……すべてはここから

暗闇の中、目が覚めてしまった。蛍光針は四時を少し回ったばかり、そっとリビングに下りてみる。保安灯の薄明かりの中、マーカスは既に起きていた。トイレにウンチまでしている。保安灯に代わりダウンライトをつけ、早速、ビニール袋片手にケージの扉を開けると、まだ眠いのか、ゆっくりとした動作で出てきた。

そして、私が汚物を片付けている間も動作が鈍く、ソファに飛び乗り、うずくまって眠ってしまった。

私は目が冴えてしまい、眠れそうにない。手持ち無沙汰でパソコンを立ち上げ、執筆を開始した。程なく、玄関のポストから新聞を取って戻ってみると、マーカスがゲートの前にチョコンと座り、待っている。その仕草が可愛くて、思わず抱きしめた。

見れば、カーテンの隙間から、朝の明かりが漏れ出していた。

「マーカス。散歩さ、行ってみるが」

急いで準備を整えハンチングを被り、マーカスを玄関の三和土《たたき》に下ろして、ふと不思議な感覚を覚えた。普段ならゲートをすり抜け、三和土に逃げ込んだところを捕まえ、手足を雑巾で拭いている場面だが、今はその逆の行為をしている。まるで、新品の靴をおろすみたいな緊張感を覚えた。

いよいよ玄関ドアを開け、いざ出発。張り切って出ていこうとするが、マーカスが三和土の地べたに這《は》いつくばって動こうとしない。「どうしたんだ、マーカス。行きたくないのか?」ドアを半開きにし、リードを引っ張ってみたが、梃子《てこ》でも動かなかった。さて、困った、空はすっかり白《しら》んでいる。仕方がない。私はマーカスを抱きかかえたまま外に出た。そして、そっと道路に下ろしてみた。

――行くぞ、マーカス。今度こそ出発だ。

リードを優しく引っ張ると、トコトコと歩き出した。「やった! その調子」無理矢理感は否《いな》めないが、なんとか形になった。「さて、どこに行こうか?」

初めての朝の散歩に相応しい場所は、〝河川敷《かせんしき》〟と、心のどこかで決めていた。外出がままならず、直接観ることができなかった花火大会会場。四年前までトレーニングのため、欠かさず走っていたマラソンコース。私にとっては、リベンジの意味も込められていた。時間は4：44：44、「できすぎか?」またしても、ゾロ目だった。

やがて、静まり返った街並みの歩道を二〇分程歩くと国道に出た。迷わず左折し、河川敷を目指した。道中、すれ違う人影はなく、電線にとまったカラスの群れが好き勝手に鳴き声を上げ、出迎えてくれた。マーカスはといえば、時々立ち止まりながらも順調に歩いてくれている。まるで、私の思いを知っているかのように。

やがて、河川敷に到着。土手を歩いていると、東の山から朝日が昇ってきた。こんな爽快な眺めはいつ以来だろう。思わず立ち止まり、両手を広げ、朝の空気を胸いっぱいに吸い込んだ。

さてと、待たせたね。再び、二人で歩き出した。すると、前方に大型犬の姿が見えた。「シェパード?」茶黒の毛並みにピンと立った耳、老人に連れられた精悍《せいかん》な顔立ちは、間違いなくジャーマン・シェパード・ドッグだった。

「おはようございます」

「はい、おはよう」

自分から他人に声を掛けたのは何年振りだろう。ほんの一言だったが、程よい緊張感に包まれた。

河川敷では、二頭の大型犬がリードを外され走り回っていた。へぇ、懐かしい。思わず昔飼っていたポインター、ビックのことを思い出していた。昔みたいにマーカスとも一緒に走ってみたい。そう思うと、居てもたってもいられなくなった。

「マーカス、走るど！」

声を掛け、顔を見ながらゆっくり走ってみた。するとマーカス、スイッチが入ったのか、急にダッシュで駆け出した。

「うわっ！」

思わず声が上がり、必死で後を追った。リードはピンと張ったまま、マーカスはドンドン駆け抜ける。「こんなに長い距離を歩くことすら久しぶりなのに、いきなり走って膝は大丈夫か？」と心配が頭をよぎったが、構わず走り続けた。

「駄目だ、疲れだ」

やがて、息を切らし立ち止まると、マーカスも止まってくれた。さすが猟犬、外を怖がらず見事な走りを見せてくれた。と感心したのも束の間、何かを口にくわえ夢中になっている。よく見ると、タバコのケースだった。ふと、チーフさんの教え・其の十を思い出す。

『ビーグルは興味の湧いたものなら何でも口にくわえます。特に白い物体には敏感で、タバコの吸殻は要注意です』

一〇年程前、マラソンの持久力をつけるため、私は禁煙に成功していた。「マナーの悪い喫煙者は、どうかいなくなってくれ！」と本気で心の中で願った。

「マーカス、離せ！」

口に手を近づけると、困ったことに、〝ガルルッ！〟と唸り声を上げた。マーカス、勘弁してくれ。みんなが来ちゃうよ。

ここはジョギングコース、六時を回れば知っている顔と鉢合わせになる可能性は大きい。

……急に胸のざわつきが始まった。

しかしマーカス、一向にくわえたものを離そうとしない。仕方がないので抱き寄せると、またしても噛み付きそうになった。咄嗟に手を離してしまい、地べたに転がり落ちて、〝キャンッ！〟と鳴き声を上げた。その拍子にケースも転がった。すると、体勢を整え性懲《しょうこ》りもなくケースに噛み付こうとした。慌てて拾い上げ、ケースを睨《にら》みつけた。

マーカスに噛まれてクシャクシャになったビニールで覆われたタバコケース。こんな物のせいでマーカスに痛い思いをさせてしまった。いや、他に方法はあったかもしれない、私が臆病《おくびょう》なばっかりに……。そんなことを思い巡らせていると、いつのまにか胸のざわつきは消えていた。

帰りは近道のジョギングコースを選んだ。すっかり昇り切った太陽、国道は通勤に行き交う車で騒がしくなってきた。急がねば、妻が待っている。そんな中、マイペースなマーカスは、何事もなかったように歩いている。私はといえば、すれ違うランナーに気づかれないようハンチング帽を目深に被り、下を向いて歩いていた――が、思い通りにならないのが人の道らしい。

「おや？　これは珍しい。月岡さん、お久しぶりです。犬、飼ったんですね」と、最も遭《あ》いたくない人物に出くわしてしまった。

「……ただの犬でね、マーカスだ」

「アハハ！　相変わらず愉快な人だ。それでは、失敬」

笑いながら、颯爽と駆け出した弁護士X。「何が〝失敬〟だ、バカタレが！」相談料だけ、ちゃっかり取りやがって。

あれは、忘れもしない四年前。桜が大学に合格し、六ヶ月ほどが過ぎた秋のことだった。

その頃、私は倉庫会社に勤め、二十五年目を迎えようとしていた。しかし、会社の状況はあまり芳《かんば》しくないようだった。

そんなある日、マンションで一人暮らしをしている叔父《おじ》から数年ぶりに電話があり、『焼き鳥全国チェーン』の移動販売展開への出資を持ち掛けられた。

叔父は昔から山っ気があり、長兄である父は何かと尻拭いをしてきた。そんなこともあり、母亡き後に父と同居している私の一〇歳年上の兄とも折り合いが悪かった。二人とも県庁勤めの堅物《かたぶつ》ということもあり、どうやら今回は私に白羽《しらは》の矢が立ったらしい。二人にはくれぐれも内密にということで、こっそり駅前のイタリアレストランで落ち合った。

「一口十万円、既に九十九口は確約をもらった。あともう少しで目標額に達する。どうか一口お願いできないか」

テーブルに両手をつき、頭を下げて懇願する叔父を無下《むげ》にもできず、「一口だけなら」と、妻に内緒で了解した。すると、叔父はひどく喜び、その夜は叔父のおごりで酒盛りとなった。

評判だというモッツァレラチーズがふんだんにのったピッツァ。それを頬張り、生ビールで流し込み、メインの子羊のローストには赤ワインを合わせ、パスタのペペロンチーノは大盛りをオーダーした。そしてバーボンを傾け、デザートのアイスクリームを楽しんだ。

叔父はといえば、終始ご満悦で、料理には殆ど手をつけなかったが、ワイングラスが空くことはなかった。

それから数日後。職場から車で帰宅途中、叔父からメールが届いた。

『至急、話がしたい。例の店で待つ』

慌ててハンドルを切り、方向転換した。

着いてみると店内に客は叔父一人。ウイスキーのボトルは既に三分の一ほど減っていた。先日と違い、やけにやさぐれた様子が気になったが、前回おごられた手前無下にもできず、「少しだけなら」と椅子に座った。すると、出資者の入金が遅れて困っている、と愚痴をこぼし始めた。

「銀行とは話がついている。だが、このままでは、鳶《とんび》に油揚げをさらわれるようなものだ。ようやく、運が向いてきたのに……」

よくよく話を聞くと、「明日中にチェーンの本部に出資金を全額振り込まなければ、競合相手の投資家に権利が奪われる。ついては、一時的に銀行から一千万円の借入をすることになったが、保証人が必要なため話が頓挫してしまっている」ということだった。

しかし、私にはどうすることもできない。ロックグラスを煽っている叔父をその場に残し、私は逃げるように自宅に向かった。すると運転中、またしてもメールの着信ランプが点滅した。路肩に車を停め、メールを確認すると叔父からだった。

『明日、実印と所得証明書を持って、例の店に来て下さい。どうか、お願いします』

——実印と所得証明？　保証人になれというのか？

私は慌てて叔父に電話を掛けた。しかし呼び出し音が聞こえるだけで、一向に出る気配はなかった。悶々とした夜を過ごした翌日、念のためにと思い、実印をカバンに仕舞い出勤した。そして事務所に顔を出し、女性事務員に「所得証明書（源泉徴収票）を終業時間までに準備して欲しい」とお願いした。やがて昼休みとなり、ロッカーに置いてある携帯電話を確認すると、叔父からのメールが何通も届いていた。どれも、『今日は大丈夫だろうな』『裏切るなよ』『お前だけが頼りなんだ』といったものばかりだった。私はうんざりして、そのデータをすべて消去した。やがて終業時間となって源泉徴収票を受け取り、携帯電話を確認すると、同じようなメールが何通も届いていた。中には『お前のせいで、俺の人生滅茶苦茶だ！』『家の前で腹を切るから覚悟しておけ！』などと、脅迫めいたものが混ざっていた。さすがに私は頭にきて、叔父に電話を掛けた。しかし、今度は通話拒否設定にでもしているのか、呼び出し音すら鳴らない。メールを返す気にもなれず、例の店に向かった。

「叔父さん、なんだこのメール。ひどすぎるべよ」店に入るや否や、私は自分の携帯電話を叔父に突きつけていた。

「何を怒っている、ほんの冗談だよ。——どれ、貸してみろ」叔父は何食わぬ顔で私の携帯電話を取り上げると、手際よく自分で送ったメールをすべて削除した。「ほら、これですっきりしただろう。ところで、頼んだもの持ってきてくれたよな？」

「印鑑ど、源泉だべ」私は面倒になり、それらをテーブルの上に放り投げた。「叔父さん、俺のごど、騙《だま》すつもりでねぇべな？」

「馬鹿なことを……。ほんの一ヶ月借りるだけだよ。利息も馬鹿にならないし」叔父は、私の源泉徴収票をカバンに仕舞うと、ぺこりと頭を下げた。「無理をいってすまなかった。でも、安心してくれ。万が一の時は生命保険で片を付ける覚悟はできている」

「生命保険？　一体、なんのごどだべ？」

するとと叔父は、ニヤリと片頬を上げ、「契約の仕方によって様々だが、支払い期間が一年以上経った大抵の生命保険は、自殺でも保険金が満額支払われる」と物騒《ぶっそう》なことをいった。

「アッハッハッ！　万が一だよ、万が一。お前には迷惑を掛けないって意味だよ」といって、叔父はカバンから書類を取り出した。「融資申込書だ。形だけだが、署名と捺印《なついん》を頼む」

結局、叔父に押し切られ、私は保証人を引き受ける羽目になってしまった。そして叔父は、担保の代わりだといって、自分のマンションの合鍵をテーブルの上に置いた。

それから一ヶ月後の昼休み、銀行の融資担当者から私の携帯電話に電話が掛かってきた。用件は、「返済の期日が過ぎても叔父から入金がなく、連絡も取れないで困っている。ついては、保証人である私に連絡した」とのこと。私は慌てて会社から年次有給休暇をもらい、車で叔父のマンションに駆けつけた。すると、部屋の中はもぬけの殻、管理人も行方《ゆくえ》は知らないという。銀行の担当者にその旨《むね》を伝えると、至急会いたいといわれた。

その時、銀行に紹介されたのが銀行の顧問弁護士Xだった。しかし、彼は「月岡さん、債務者に脅迫《きょうはく》されて保証人になったということのようですが、証拠のメールが残っているならいざ知らず、今回は自業自得ですな。身内だからって、簡単に保証人なんかになっちゃだめですよ」と尤《もっと》もらしい説教を垂れ、相談料だけ受け取り、何もしてくれなかった。

こうして私は一千万円もの借金を背負い、銀行から一括返済か、もしくはローンを組んでの返済かを選択するよう迫られた。但し、ローンの場合は保証人が必要とのこと。私は考えあぐねた末、疎遠になっていた実家に泣きついた。しかし、「馬鹿なことを……。この面汚《つらよご》し！」と、憤慨《ふんがい》した父親からは勘当《かんどう》を、兄からは絶縁を言い渡されてしまった。

見栄っ張りな私は妻にも打ち明けられず、いつ掛かってくるとも知れない銀行からの電話に怯えていると、突然左耳が「キーン」と鳴り出した。これが耳鳴り？　生まれて初めての経験だった。それが原因で眠れない夜が続き、段々憔悴《しょうすい》していった。そして、いつしか私は叔父が話していた生命保険で借金の穴埋めにすることを考えるようになっていた。そんなある日、確認のため電話で契約先の生命保険会社に問い合わせると、自殺でも死亡保険金が支払われると返事があった。

――よし、決まりだな。後は方法を考えるだけ……。

やがて、夜勤明けのある朝。意気地のない私は酒に頼ることを思いついた。そして、お湯を出しっぱなしにしてバスタブにつかり、ウイスキーのボトルに口をつけて煽りながら、ひたすら酔いを待った。やがて朦朧《もうろう》とする中、左手首に折りたたみナイフを軽く走らせた。

――あれ？　痛くない。

今度は思いっきり、走らせた。すると、忽ち湯船は真っ赤に染まり、床に溢れ出ていく。それをぼんやり眺めていた。――やっと、楽に……。徐々に意識が遠のいていった。

〝ジョロ、ジョロ――〟と漏れ聞こえるお湯の音。寝ていた妻は異変に気づき、浴室に駆けつけた。

「あなた！　しっかり！」

妻は叫び、血まみれのバスタブから真っ裸の私を引きずり出した。そして、手早く傷口にタオルを巻き付け、私の腕を肩に担いでどうにか車に押し込み、近くの総合病院に駆け込んだ。

幸い処置が早く、大事には至らなかったが、処置室に駆けつけた警察官から事情聴取を受け、事件性がないことを確認すると、精神科を受診するよう指導された。そして、いわれるがまま受診すると、うつ病と診断され、家には帰らず、そのまま入院することになった。

その旨を電話で上司に報告すると、「自殺未遂による入院は欠勤扱いとなり、有給休暇は認められない。代わりに、療養期間中、給料の三分の二を保証する補助金制度の申請をする。だから、何も心配せずゆっくり静養しなさい」といわれた。要は会社で、私の給与を負担する余裕はないとのことだった。妻は会社の対応に納得がいかず、「この機会に転職を考えたら？」といい出したが、私は上司の提案を二つ返事で了承した。

――とにかく眠りたかった。その日を境に毎日、睡眠薬やカラフルな向精神薬を服用することになるのだが……。

やがて給料日が近づき、会社から申請用紙が送付されてきた。何でも、私と主治医の署名が必要とのこと。と同時に、その件について会社が用意した同意書が同封され、申請用紙同様、署名捺印して返送した。すると数日後、健康保険や住民税などの諸経費が明記されたマイナスの給与明細が届いた。

その頃からだろうか。夕方になると勝手に身体が震え出すようになったのは……。

やがて三ヶ月の入院を終え、私は出社した。すると、朝礼の席で上司から「月岡、何かいうことはないか」と訊かれた。意味が分からずキョトンとしていると、「社会人としてけじめをつけなさい」と一喝した。

――なるほど、左手首の傷痕のことをいっているのか……。

私は思わず、「この度は、お騒がせして申し訳ねがったし」と頭を下げた。ふと顔を上げると、同僚たちは皆一様に私から視線を逸《そ》らし、憐《あわ》れむような表情をしている。私はこの時初めて、「自殺未遂」という自分のしでかした事の重大さに気がつき、それ以来、他人の視線が異常に気になる体質に変わっていった。

朝礼が終わり、上司から「月岡、顔色が悪いようだが、しばらく治療に専念してみてはどうか」と提案された。結局、その日は早退し、そのまま闘病生活に入った。

闘病生活一日目。入院中、先延ばしにしていた銀行の件は、妻の実家が一括返済してくれることになった。おかげで銀行からの催促は来なくなったが、私は電話そのものが苦手になり、着信音が聞こえるだけで呼吸が困難になるという厄介な症状に悩まされていた。丁度、申請用紙に主治医の署名が必要だったので、午前中精神科に出向き、診察を受けた。

「恐怖症性障害（電話恐怖）ですね。安定剤の種類を増やしますから、毎日きちんと服用して下さい」医師は事もなげにいった。「あっ、それから……。決して強制ではりませんが、少しの間、携帯電話の電源は切り、自宅の固定電話を留守番モードに設定することをお勧めします。苦手なことを我慢しても、症状が悪化するだけですからね」

私は診察を終えたその足で携帯電話のショップに寄り、契約を解約した。

闘病生活二日目。することもなく、朝から居間でごろごろしている私に、出勤前の妻は支度を整えながら話しかけてきた。

「お父さん、あなたは今まで突然夜勤を押しつけられても、嫌な顔一つせず引き受けてきたじゃない。そんな真面目な人が病気になったんだから、休んだって構わないいんだよ」

「んだどもな（それはそうなんだけど）……」確かに、主治医は申請書の「病状の欄」には「うつ状態」と記入していた。しかし、不眠症や電話に対するトラウマはあるものの、私にその自覚はなかった。「本当に、これでいいんだべが？」

「何いってるの。今回だって会社の指示に従っただけでしょ？　後ろめたいことなんて、何一つない。胸を張って、療養していればいいのよ」

「……んだな」

「久しぶりに、ギターでも弾いたら？　気晴らしにいいかも」

「……手首、まだ本当でね（完治していない）」

「そうだ、この機会に腰を据えて小説を書いてみたら？　納得できるものが書けるかも」

「んだべが（そうだろうか）？」

妻のこの一言に、私は光が射したような気がした。「わがった。読みで本も山ほどあるし……。この際、のんびりやるべ」

——一日中、小説を書きながら、読みたかった本を読み漁《あさ》る。それも悪くないか……。

私に選択の余地などなかった。それに、給料の三分の二の補助金といっても報酬に違いはない。おかげで生活に支障はなく、「転職を考えたら？」と、会社の対応に憤慨した妻に対する面子《めんつ》は、どうにか保つことができていた。但し、マイナスの給料明細書が届く度、私の心は萎《な》えていたが……。

こうして一年もの間、私は好きなことに没頭しながら精神科に通院し、毎月一回、主治医から申請書に署名をしてもらった。

それから三ヶ月後、いよいよ補助金制度の支給期限が迫ってきた。その頃の私は、某文学賞に応募した作品が一次予選を通らなかったことを知り、すっかり意気消沈していた。

しかし妻の手前、私は精一杯虚勢を張り、苦手な電話で上司に復職について訊ねてみた。

「困ったねえ。その声の様子じゃ、まだ回復したわけじゃないだろ？　君のような類《たぐい》の病人、うちみたいな貧乏会社では到底面倒見切れないよ。そうだ、復帰より有利な条件がある」と、回りくどく早期退職を迫られたが、〝死にぞこないに帰る場所などないのだよ〟――すっかりひねくれてしまった私には、まるでそう聞こえた。

　謝罪させられた上に退職しろというのか……。「いっそのこと解雇してくれ」と上司に申し出ると、「それでは退職金も支払われないし、第一労務上問題が……」と、歯切れ悪く御託《ごたく》を並べた。

　以前の私なら抗議する場面だが、その気概もなく、上司の望み通り退職願を送付した。すると、社会保険料などの諸経費を差し引いた、雀《すずめ》の涙ほどの退職金の明細書が返送されてきた。

　それからというもの、小説に対する創作意欲は失《う》せ、職にも就かず、妻の扶養のもと精神科を転々とした。その度に、『パニック障害（不安障害）』等の様々な病名を告げられ、処方箋が次々と追加されていった。そうして半年後、病名が判然としないまま、私の引きこもり生活は本格的となった。家中のカーテンを閉め切り、居留守は勿論のこと、妻が帰宅するその時まで、薄暗い部屋で一人じっと鳴りを潜《ひそ》めている、という最低な有様だった。

——もし、あのとき転職していたら？　今更、後悔しても仕方がないことなのだが……。

国の手厚い制度は、ときに諸刃《もろは》の剣かも知れない。

——だから、娑婆《しゃば》は嫌なんだ。

私はXとすれ違ったことに腹を立て、急に足取りが重くなった。幸先《さいさき》上々の記念すべき朝のお散歩デビューのはずが、これでは台無し。その後も何人からか声を掛けられたが、人目を避けるように下を向き、足早に家路を急いだ。

六時四十五分すぎ、やっと我が家に到着。二時間も散歩したことになる。玄関先に置いた雑巾でマーカスの手足を拭いた。すると、余程我慢していたのか、マーカスが身体をよじらせ飛び跳ね、一目散にケージに駆け込みウンチをした。外でできるようになるまでは、少し時間が掛かりそうだった。そして、私はといえば、上がり框に腰掛けたままグッタリと項垂《うなだ》れていた。

「お父さん、なんでも極端だもん。最初は三〇分くらいで良いんじゃない？」

疲れ果てている私を見かね、呆れ顔の妻が麦茶の入ったコップを差し出してくれた。用を足したマーカスは早速元気ハツラツ、椅子をかじり出している。

「あーっ！　ビール飲みで（飲みたい）」

思わず本音が漏れ、口をつぐんだ。……やばい、今の聞こえなかったよな。しかし、既に遅かった。妻が鬼の形相《ぎょうそう》で睨んでいる。

「まさか、朝から飲んだりしていないわよね」

まさか、さすがに朝は……。

「どうも最近、空き缶が多いと思ってた。これからは一日一本、夕飯の時に渡します。絶対、在庫には手をつけないでね」

墓穴を掘るとはこのことか。私は見事、藪《やぶ》から蛇《へび》を出してしまったのだった。

やがて、妻が出勤し、マーカスと私の日常が始まった。

夕方、日がまだまだ高い四時少し前。私たち二人は散歩に行こうと外に出た。

「さて、どこに行こうか?」

チーフさんの教え・其の十一。『ビーグルちゃんは賢い犬種のため、同じ道順だと直ぐに覚えて飽きてしまいます。できるだけ、コースを変えてあげて下さい』

その教えの通り、朝とは反対方向の東方面に向かった。

「あっ、忘れだ」途中、ハンチング帽を忘れたことに気づき引き返そうとした。しかし、マーカスの足取りが思いのほか軽い。「……まっ、いっが。人の目、気にしてる場合でねぇ」

そう呟き、私たちは前進した。

路地を抜けて国道に出ると、早朝とは違い、車が勢い良く行き交っている。すると、突然マーカスの足が止まった。歩道に這いつくばり、今朝玄関で見せた体勢で、梃子でも動きそうになかった。

「なにした（どうした）、マーカス。具合でも、悪《わ》りが？」

マーカスの視線までかがみ、頭を撫でながら訊いてみた。すると、ちんちんしながら抱きつき、しがみついてきた。どうやら、車の往来が怖いらしい。……なるほど、無理もない。

マーカスの目線になって初めて気がついたが、地面に近づけば近づくほどアスファルトを踏みつけるタイヤの音が激しく鳴り響き、飛び散る粉塵《ふんじん》が目に突き刺さった。ごめんよ、マーカス。もし私だったら、一メートルも我慢できないだろう。結局、抱きかかえ、国道を渡った。そして、人通りの少ない道路まで連れて行き、そっと地べたに下ろすと、またトコトコと歩き出した。

やがて、たわわに実った稲穂で黄金色に光る水田、その脇を走る広々とした農道に出た。

マーカスと一緒にゆっくり散歩していると、普段じっくり見たことのない当たり前の光景がとても新鮮に思えた。都市整備開発がいくら進もうと、この町は一歩裏手に回れば田園地帯が広がっている。農業事情を語るほど詳しくはないが、地元農家が米

ろう。うに実りの秋を迎える頃、黄金色の風景が拝めるのは、ひとえに農家の努力の賜物《たまもの》だを作れば作るほど赤字だと嘆いていることぐらいは知っている。それでも、毎年のよ

ろう。

――どうか、この美しい風景がいつまでも眺められる日本であって欲しい。

そう願い、先を急いだ。

帰り道。来た道を通らないよう、回り道をしていると、児童館が見えてきた。するとマーカスは、ブランコやジャングルジム、といった、私にとっては懐かしい遊具に興味を示した。入口で立ち止まり、中を覗き見ている。ディナータイムは十五分後、まだ大丈夫だ。誰もいない会館前の広場でリードを長めに伸ばしてみた。初めは何が起きたのか、ピンと来ていない様子だったが、直ぐにトコトコと歩き出し、草むらにしゃがみ葉っぱを噛み始めた。駄目だよ、マーカス。そういってはみたものの、またしても動きそうになかった。

「あっ、そうだ！　確か、バッグの中にテニスボールが」早速取り出し、顔に近づけると噛み付いてきた。「よしマーカス、取って来い！」ボールを放り投げると勢いよく駆け出し、くわえると戻ってきた。

――やった！

映画で観たことのある理想のシーン。感激の余り、不覚にも涙ぐんでしまった。

その後、夢中になりすぎ、危うく五時に遅れそうになった。明日からはフードを持ち歩くことにしよう。

やがて帰宅。ディナーを終え、マーカスの身体の汚れを落とすため、シャワーをすることにした。

浴室でシャワーのぬるま湯を全身にかけながら手で軽く洗う。次にシャンプーを泡立て、本格的に全身くまなく背中から擦《こす》るように再び洗った。そして、耳の中にお湯が入らないよう気をつけてすすいだ。

前回より慣れたのか、大分大人しくしてくれたが、やはり手こずらせたのはドライヤー。バスタオルで拭き終わり、いよいよ本番と思いきや、するりと身をかわし脱衣所を出て行った。慌てて追いかけると、私のベッドの上にチョコンと座り、澄まし顔をしている。

「マーカス、風邪ひくど（ひいちゃうよ）」

バスタオルで包もうとしたが、またしても逃げられた。しかし、結末は呆気《あっけ》なかった。行き場を失ったマーカスは、階段を下りようとして足がすくんでいる。恐る恐る前足を出しては引っ込め、出しては引っ込め、その繰り返し。挙句、鼻声を上げ、助けを求める有様だった。

こうして、どうにか一件落着したが、シャワーには課題が残った。

六時半すぎ、帰宅した妻に早速その件を報告すると、意外な言葉が返ってきた。

「シャンプーは月二回で十分。それ以上は、却って皮膚《ひふ》に負担をかけて、病気になりやすいんだって。わからないものだね」

「散歩で汚れた時は？」の質問には、「レンジで三〇秒温めた蒸しタオルで汚れを落とし、後はこまめにブラッシング」と返ってきた。それ以外にも、爪切り、耳掃除とハミガキ等々、やるべき手入れは山積みだった。正に、ローマは一日にして成らず、何でも一朝一夕には成らないということか。ネットの動画が参考になると妻から教えてもらい、早速観てみると、これがまた面白い。次から次と色んな犬種が登場した。

「あっ、忘れでらった」動画が大型犬に切り換わったところで、私はふと昨夜の決心を思い出した。「可南美、これがら図書館さ行ってくる」

「えっ、今から？　時間、大丈夫？」

「ああ、八時までやってる」以前は常連だった私、図書館の利用時間は勿論のこと、休館日なども熟知している。「桜の自転車で行ってくる」

こうして私はワクワクしながら、四年ぶりに図書館に出向いたのだった。

マーカスがおしえてくれた、同じ目線にたつことが何より大切だってことを。

マーカスがおしえてくれた、何ごとも、一朝一夕には成らないってことを。

そして、マーカスがおしえてくれた、人生は楽しんだ者勝ちだってことを。

十八日目　虎視眈々《こしたんたん》と……

真夜中、激しい揺れに起こされた。「地震か？」ミシミシと不気味に軋《きし》む音が少しの間続いた。揺れが収まり、時計に目をやると三時を回ったところだった。

——そうだ、マーカス、どうしているだろう？

慌てて跳ね起き、リビングに駆けつけた。すると、何事もなかったような顔をして、眠そうにスローな動きで出迎えてくれた。ラジオでは、地震の震源地は北海道で震度5、かなり大きな揺れだったと放送している。

——桜は大丈夫だろうか？

ふと、不安が頭をよぎった。

念のため、もう少し眠っておこう。そう思い、忍び足で再び二階に戻ろうとすると、マーカスが鼻を鳴らし始めた。ここは閑静な住宅街、しかもリビングは道路に面しているため、このままでは近所迷惑だ。観念してダウンライトを点け、ケージを開けたが、さすがに眠い。ソファに横になると、マーカスは私のお腹の上によじ登り、顔をペロペロと舐め始めた。駄目だ、マーカス。寝かせておくれ。顔をタオルで覆い狸寝入りをすると、やがて大人しくお腹の上で寝息をたて始めた。

そうやって、一緒にどれほど眠っただろうか？　気がついた時には、カーテンの隙間から日差しが漏れていた。

「起きれ、マーカス！　朝が来た」そういって頭を撫でたが、ピクリともしない。そのまま寝かせ、そろりと身を起こしカーテンを開けた。壁掛時計は五時前を指している。パソコンのスイッチを入れ、新聞をとって戻ってくると、マーカスがゲートの前にチョコンと座り、待ち構えていた。

――何だ、起きたのか。

結局、私たちはいつものように散歩に出掛け、河川敷を目指した。

するとマーカスは、五分も経たないうちに土手の上で初ウンチを見事に披露した。やはりこの子は天才、この様子だとオシッコができるようになるのも時間の問題だな。汚物をビニール袋に始末しながら、「これが飼い主の醍醐味というものなのか」と感慨に耽っていた。

やがて、オシッコも無事済ませ、散歩を終え帰宅。手足を雑巾で拭いていると、リビングの方から妻が電話で話をしている声が聞こえた。

「ニュースで観たけど、大丈夫だった？　何か必要なモノがあったら、大至急送るから。……えっ、宅配便が止まってる？」

どうやら、桜に連絡を入れたらしい。

幸い桜に被害はなく、余震がまだ収まらない中、午前中のうち大学に行って様子を見てくるらしい。場合によっては、そのまま被災地にボランティアに出掛けるかも知れないといい、妻を驚かせた。「まったく、血は争えないわね」

妻の一言に胸が熱くなった。数年前、私は東日本大震災の被災地で、数ヶ月にわたりボランティア活動に勤しんだ。そして、今度は娘が被災地に出向くという。

「破傷風の予防はどうするのだろう？　怪我などしなければいいのだが……」拙《つたな》い経験から、細かいことを心配してしまう私だった。

そしてもう一点、「ペットたちは無事だろうか？」「飼い主と離れ離れになってはいないだろうか？」ふと、そんなことに思いを巡らせた。

環境省の発表によると、東日本大震災後、確認されているだけでも三千頭以上が死亡、更に失踪《しっそう》届を出したものの、その殆どが未だ行方不明、という悲惨な事実が明記されている。人間とは、とかく身勝手な生き物、最近まで気にも留めなかった事例を、現在《いま》は真っ先に心配してしまう。……私だけかも知れないが。

七月の豪雨に引き続き日本列島を襲った自然の猛威。ラジオから北海道地震の悲惨な情報が次々と流れる中、私とマーカスは平穏なひと時を過ごしていた。

その頃、クヤションとアテション（当てつけションベン）対策として、マーカスを無理にケージの中に閉じ込めることは止め、できるだけストレスを感じないよう、リビングで自由にさせていた。その甲斐あって、私がパソコンに向かっていると、知らぬ間にソファにうずくまり、眠っていることが多くなった。トイレも、その時が来ればケージの中に戻り、上手にしてくれている。我々の思惑は見事に的中したのだった。

やがて三時半、散歩の時間となった。河川敷でリードを目一杯伸ばし、思う存分駆け回り、約一時間半の散歩を終え帰宅。そしてベンチに寝そべり、蒸しタオルにブラッシング、すっきりしたところで、待ちに待ったディナータイム。その後再び、マーカスはソファの上、私はパソコンにと、至福の時間はゆっくりと流れていった。

「ただいま」妻の声が聞こえた。いつもなら、ゲート前で待ち構えているマーカスだが、今日はソファにうずくまって眠っている。「あら、とっても良い子ね、お眠りしてたんだ」

いつになく従順で、お利口なマーカス、妻と私は顔を見合わせ微笑んだ。

十九日目　本領発揮

二日続けて真夜中、今度はマーカスの鳴き声で起こされた。

何事かとリビングに駆けつけてみると、ケージの中でちんちんしている。薄明かりの中、ふと目を凝《こ》らすと、ベッドの前に水たまりが……。思わずしゃがみ、顔を近づけた。

——ん？　この臭い、間違いない。

当の本人は、早く片付けろ、といわんばかりに尻尾を振っている。壁掛時計は三時を回ったばかり。私はダウンライトをつけオシッコの後始末を始めた。マーカスは、ソファに飛び乗り、眠る体勢に入った。

よしよし、そのまま大人しくしてくれ。再び保安灯に切り替え、忍び足で二階のベッドに。……やれやれ、やっと眠れる、と思ったのも束の間、〝クーン！　クーン！〟と、先ほどより良く通る声で鳴き出した。

「なんたが（なんてこった）、これなば（これじゃ）ねでられね（眠っていられない）」

渋々、リビングに下りると、ゲートの前でちんちんしながら待ち構えていた。

――どうした、眠くないのか？

ゲートを開け、中に足を踏み入れ、うわっ！　と声を上げた。足の裏がベタつき、冷たい。

まさかと思い振り向くと、またしても水たまりが……。

――やってくれるぜ、マーカス。早く片付けろ！　ってか。

思わず身体を持ち上げ、睨みつけた。するとマーカス、ほのかに臭う。抱きかかえたままダウンライトをつけ、やっと気がついた。辺り一面、オシッコを踏みつけた小さい足跡が散乱、おまけに私の足跡も……。苦笑いを浮かべ、マーカスの手足の汚れを雑巾で拭き取り、真夜中の大掃除に取り掛かった。

やがて、後始末を終えソファに横になった。するとマーカス、じゃれついたかと思いきや、またしても寝息をたて始めた。朝日が昇り、やがて散歩に出掛けるその時まで……。

こうして、私の生活リズムは完全にマーカスに支配され、毎晩九時に就寝、そして三時頃には鼻声で叩き起こされる羽目になった。

マーカスがおしえてくれた、何ごとも、準備は必要だってことを。

マーカスがおしえてくれた、諦めなければ、大抵の願いは叶うってことを。
そして、マーカスがおしえてくれた、早起きは、三文の徳だってことを。

*

三十一日目　マーカスがおしえてくれた

「ハーネスよりカラー（首輪）の方が飼い主の意思が伝わりやすいんだって。早速、用意しなくちゃ」

市が月二回、日曜日に開催している『しつけ教室』に通いだしてから、妻の可南美はマーカスの育犬に余念がない。早速、ハーネスと同じメーカーのカラーをネットで注文した。

一週間前、予定通り狂犬病ワクチンを接種したマーカスは、体重は当初と比べほぼ二倍に、身体つきも一回り大きくなった。

おまけに、河川敷で毎日駆け回っている成果か、脚力も威力を増した。椅子を伝ってテーブルに飛び乗るなど、危うく図書館から借りてきた資料が餌食になりそうな場面もあり、反抗期を思わせる〝やんちゃぶり〟を縦横無尽に発揮している。

そして、アテションに味を占めたマーカス、食事時になればテーブルの周りを我が物顔でうろつき、虎視眈々と料理を狙っている。おかげで我々夫婦は椅子取りゲームさながら、離して置いた椅子を定位置に戻すやいなや、彼が飛び乗る前に素早く座るスリルを毎日味わっている。結果、使わない四脚の椅子は私の寝室を占領し、がらんとしたリビングの様子は、すっかりマーカス仕様になってしまっていた。

私はといえば、脚の筋肉痛に耐える毎日を送り、「断薬」から今日で丸一ヶ月が経ったことさえ忘れていた。

マーカスが我が家にやって来て、色々なことがあった。右も左もわからぬ手探りの中、いきなり始めた新たな生活。『祝、明日葉高校初優勝』のつもりで購入したが優勝には僅かに届かず、それでも明日高ナイン同様、後悔などしていない。マーカスのおかげで夫婦仲は元より、父娘の絆《きずな》も深まることができた。それに、何より私の生活は一変した。朝夕の散歩や筋トレは勿論のこと、ちょっとした用事もマーカスに留守番を任せ、愛車で出掛けるまでに回復していた。

そして今日、午前六時すぎ。小説『それがどうした。』を書き上げ、八時には市役所に出向き、福祉課で支援制度の返還手続きを終えると、その足でハローワークに足を延ばした。

手に職を持たない私、唯一の取り柄は早寝早起き。該当する職場は、いまのところ一箇所だけだった。

「明日の面接、やっぱりスーツ着た方が印象良いんじゃない？」

面接を明日に控え、妻が心配そうにいった。

「そんた、必要ね（その必要はない）。このまんま（普段着）でいい」

老夫婦が営む、手作り豆腐店の仕事を軽視したつもりはない。

「携帯電話、また用意しなくちゃね」

妻の提案に私は首を振った。

「それも必要ねえ。まだ、なんもしてね（体を成していない）」

ただ、ありのままの姿を見てもらいたかった。

私は四年もの間、引きこもりだった事実を隠すつもりはない。勿論、マーカスのおかげで薬を止めたことも。面接では、安易に保証人になり借金を背負った愚かな過去も含め、すべてを曝《さら》け出すつもりだ。

それで駄目なら、また始めからやり直すだけ。そして、妻の実家に借りたお金を一刻も早く返さねば……。

振り返ればこの一ヶ月、断薬による離脱症状がなかった訳ではない。朝夕と安定剤を服用していた時間帯になると勝手に身体が震え、何度も禁断症状に陥《おちい》った。しかし幸いにも、その時間はマーカスの食事時間と重なり、気分を紛らわし、何とかやり過ごすことができた。振り返れば、それも、妻の優しい企みだったのかも知れないが……。

それに、眠れない夜をいくつ過ごしたことだろう。その度に薬を求め、何度リビングの戸棚を漁ったことか……。しかし、マーカスの寝顔を見ていると、そんな自分を情けなく感じ、思い直したものだった。眠れなくて結構、せめて普通の生活に戻らなければ――と。

そんな風に暮らすうち、いつのまにか薬の方から私のもとを離れていったような気がする。耳鳴りも気にならなくなり、就寝時、音楽に頼らなくても眠れるようになった。

精神疾患《しっかん》は、「克服が困難な病気の一つ」といわれている。症状やそれに合った治療方法も、人それぞれだろう。だけど、「越えられない壁など、実は何処《どこ》にも存在しない」と、私は思いたい。意気地のない私でさえ、妻や娘たち、そしてマーカスのおかげで、やっとここまで回復することができたのだから。

それに、私は小説家を目指すことを諦めたりはしない。ただ、生きるためには働かなければ……。それが、人の道ってことだろう?

マーカスがおしえてくれた、働かざる者、食うべからずってことを。

マーカスがおしえてくれた、人生をやり直すことに、遅すぎるってことはない。

そして、当たり前のことをマーカスがおしえてくれた。

——もう何があっても、家族を悲しませたらイケナイ、希望を持って生きるんだ!

そうやって今日まで、大切なことはマーカスがおしえてくれた。そして、明日からも。良いだろマーカス、こんな私の側に、ずっといてくれるかい?

＊　＊

一三五日目　そして、マーカスがおしえてくれた

今日は元日。夫の病状もすっかり回復し、新しい年を迎えた。

「おはよう、お母さん」宵っ張りにしては珍しく、長女のカスミが起きてきた。「あ

けまして、おめでとう。今年もよろしく」

「あら、早いのね。こちらこそよろしく。せっかくの休みなんだから、ゆっくり寝てればいいのに」

「桜の寝言で、目が覚めちゃったよ」彼女のいわんとしていることは、想像がついた。昨夜の紅白歌合戦の余韻がまだ残っている。「紅勝て！　って、大声で何回も叫ぶんだもの」

「アハハ！　なんだかんだいっても、親子だね」夫もまた、隣のベッドで、〝白勝て！〟と寝言を連発していた。「お父さんも、かなりうるさかった」

「桜と一緒に、盛り上がっていたもんね」

確かに、二人でリズムに合わせて踊りまくり、マーカスまで大騒ぎだった。

「あんなお父さん、久しぶりに見た。まるで、バンドをやっていた頃にタイムスリップしたみたいだった」

「そうだね……」

そう答え、私はふと、四年前の年末、夫が病院から一時帰宅した当時を思い出していた。

自宅に向かう車中、助手席の夫は精神科病棟の現状を問わず語りに話し出したのだった。

患者の中には、家族から見放され、二十年以上も入院している人が少なくないこと。そして、年末、病院に残ったみんなで談話室に集まり、紅白歌合戦を観ることが、数少ない入院生活の楽しみの一つなのだと。但し、消灯時間があり、途中で散会させられ、勝敗の結果を知るのは翌日になるとのことだった。

——こったふうに（こうして）、家さ（自宅に）帰れる俺は、幸せもん（者）だ。

……涙ながらに夫がポツリと呟いた言葉が、いまでも忘れられない。

「ところで、マーカスは？」といって、カスミは窓の外を見ている。どうやら、先ほどまでチラついていた雪が本降りに変わったようだ。「まさか、こんな天気に散歩？」

「うん。正月だもん、ゆっくりして来るんじゃない」

近頃、夫は、早朝からお豆腐屋さんの仕事が忙しく、以前みたいに長時間の散歩はできないでいた。

「カスミちゃん、お腹減ったよね。お雑煮《ぞうに》作るから、チョット待っててね」

「うんうん、私も手伝う」

——それで早起きを……。

「うちの出汁《だし》は、昔から鶏《とり》ガラだったよね。夕べのお蕎麦《そば》のスープと一緒？　お母さん、その作り方も、教えてくれる？」

「カスミちゃん、来年は帰らないつもり？」こうして、家族四人……じゃなかった、五人で正月を過ごすのは、今年が最後かもしれない。「……なんだか、寂しいな」

「そんなことないよ」

——どういうこと？

「彼も、新年はこっちで迎えたいんだって」

「えっ？　そうなんだ」お父さん、喜ぶだろうな。「ところで、カスミちゃん。彼氏さんのこと、お父さんには、いつ話すつもりなの？」

「問題は、タイミングなんだよね」

——多分、嬉しさ半分、寂しさ半分、どっちにしても、祝福してくれるよ。

「実は、今日、挨拶に来たいっていわれているんだよね」

「えー！　チョット、早くいってよ」やっぱり姉妹だ。変なところだけ、よく似ている。「何にも、準備していないよ」

「いいの、いいの。勝手に来るんだから、気なんかつかわなくて」

「そういうわけにはいかないでしょ」ああ、美容院に行っとくんだった……。「お父さん、驚いて卒倒《そっとう》しちゃうよ」

「そうかな……」

——あっ、余計なこといっちゃった？

「まっ、その時は、お母さんよろしく」

　すると、〝ふわー〟と大きなあくびをして、桜が起きてきた。

「二人とも、朝から盛り上がっちゃって。うるさくて、寝てられやしない……」

「あれだけうるさくして、よくいうよ」相変わらずの減らず口。カスミが呆れるのも無理はない。でも、この子もいずれ……。嬉しいやら、寂しいやら。「桜、朝刊ぐらい、取ってきてよ」

「はーい」と、桜にしては珍しく素直に返事をして新聞片手に戻ると、いきなり冷蔵庫を開け、缶ビールを手にした。「お姉ちゃんも、飲む？」

「えへっ、飲んじゃおっかなあ？」

「二人とも、朝からいい加減にしなさい！」

〝ピンポーン〟

「えっ？」ヤダ、化粧《けしょう》もしていないのに。「カスミちゃん。もう、来ちゃった？」

「まさか。元日早々、いくら何でも」

「あっ、もしかして……」どうした？　桜。今度は、何をやらかした？「さっき、新聞とった時、玄関のカギ掛けちゃった」

〝おーい！　あげで、けろ（ドアを開けてくれ）。こごえじまう（凍えてしまう）〟

〝ウォン（桜のバカ）！　ウォン（早く開けろ）！〟

「何やってるの、風邪ひいちゃうじゃない。早く開けてきて」まったく、マイペースなんだから。……誰に似たのかしら？「ついでに、お風呂沸いているって、お父さんに伝えてちょうだい。マーカスのシャワーもお願いってね」

「ラジャー！」

「って、桜！　あなた、それ二本目でしょ！」

「えへへ、バレちゃった？　早く、開けてこようっと。二人とも、凍えちゃう」

……まったく、のん兵衛《べえ》は父親譲りね。

〝トゥルル、トゥルル――〟

今度は電話……。新年早々、誰だろう？

「カスミちゃん。電話、お願い」

「はーい」

――うん、いい返事。もう、すっかり大人になった。

「もしもし、月岡ですが――」

さてと、お雑煮に取り掛かろう。今年の我が家のモチは、きっと格別な味がするだろう。

モチつきは、傍《はた》から見ているよりずっと重労働なもの。それを夫は、カスミが生まれたことを機会に、毎年行っていた。そしてつき上がったモチを夫と私の実家におすそわけすることが、恒例となっていた。――四年前までは。しかし、ここ数年は、それどころの話ではなかった……。

ところが昨年の暮れ、突然夫はその恒例行事を再開するといい出したのだった。

「お母さん。おじいちゃんが、オモチありがとう、だって」受話器片手にカスミがいった。

義父からの電話だった。義父も今では、すっかりマーカスに首ったけだ。

「それから、今晩、どうぞ、よろしくだって」

「うん、わかった。六時だよって、おじいちゃんに念を押してちょうだい」

「もしもし、おじいちゃん？　準備があるから、六時前に来ちゃだめだよ」

義父だけではない、義兄とも和解していた。

「うん。おじさんたちも一緒だよね。――じゃあ、待ってるから」

昨年の十二月、冬でもマーカスが運動不足にならないようにと、急遽《きゅうきょ》、我が家のリビングと日本間の壁を取り払い、自由に行き来できるようリフォームした。そのお披露目も兼ね、今夜、私の実家の家族と合わせ、総勢二〇名ほどの新年会を予定している。

例の一千万円の借金については、義父が私の実家に全額返済してくれていた。そして、その騒ぎの根源、叔父様は、未だ音沙汰がなく、行方をくらましたままだった。

一方、夫はといえば、十一月にサスペンス物を応募した後は、叔父様との経験をもとに、新しい小説を書きだしている。但し、以前と違い、仕事と散歩の合間にではあるが……。

——これなば（これじゃ）、まだ、桜さ、チェックたのまねば（また、桜にチェックを頼まないと）、締め切りさ、間に合わね……。

そう呟き、三月末の応募を目指し、執筆している。……どうなることやら。

そして、マーカス。体重は七キロを超え、かなり逞《たくま》しくなった。お座り、伏せはもちろんのこと、お手まで、完ぺきにこなしている。但し、クヤション&アテションは、相変わらず。私たち夫婦を簡単に休ませてはくれそうにない。

「お父さんとマーカス、相変わらず仲良いんだね」感心したような顔をして、桜がビール片手に戻ってきた。椅子に腰かけ、手伝う素振り、まったくなし。「お風呂で、大はしゃぎだったよ」

〝キーッ〟突然、車が止まる音が聞こえた。

「誰だろう？」立ち上がり、窓の外を覗き見る桜。「あっ、タクシーだ」

「カスミちゃん。今度こそ、来たんじゃない？」

「そうかもね」と、これまた素っ気ない。

〝バタン〟とトランクの閉まる音が聞こえ、しばらくすると、〝ピンポーン〟とインターホンが鳴った。

……こんなことなら、バリアフリーにするんだった。

「お母さん、ごめんなさい。でも、わたし……」

「わかってる。カスミ、顔を上げなさい」カスミがお盆に帰省した際、話題に上った彼が到着した。心配がないといったら嘘になる。でも、あなたが決めたことだもの。

「――ほら、涙をふいて。早く、お迎えにいかなくちゃ」

「……うん。ありがとう」

たとえ、愛する人が車椅子を手放せない人だとしても、〝それがどうした〟というの？　特別なことなんかじゃない。

「桜、悪いけど、彼のこと手伝ってくれる？」

「OK！　お姉ちゃん」

桜、あなたも歓迎しているんだよね？　きっと、お父さんだって大歓迎に決まっている。それにマーカスだって……。そんな思いに駆られ、私はふとある出来事を思い出していた。

あれは昨年の十月下旬、よく晴れた日曜の朝のことだった。夫と食事をしていると、ペットショップのチーフさんから電話があった。

「遅くなって申し訳ありませんでした。やっと血統書の準備が整いましたので、ご足労をお掛け致しますが、引き取りに来ては頂けないでしょうか」

血統証明書の受け渡しは、「手渡しが原則」とのこと。夫は一人、自分の車で出掛け、帰りは高速道路を使い、鼻息荒くトンボ帰りしたのだった。

「可南美、大変だ！　マーカスの正式名（?）、なんだど思う?」

興奮気味にそういって、夫は私に封筒を差し出した。

手に取ると、中にはカラー印刷されたＡ４程の血統証明書が入っており、マーカスの犬種、登録番号、性別、誕生日、毛色や出生地、そして父母と三代さかのぼった曾祖父母の名前などが詳しく記載してあった。その冒頭、犬名（Name Of Dog）の欄に「ＤＯＣＴＯＲ」と記してあった。

「えっ、ドクター?」私は目を丸くした。「マーカスが〝お医者様〟ってこと?」

確かに、マーカスは夫の主治医のような存在。さしずめ、「名医マーカス」といったところか……。

「まったぐ、びっくりこいだで」といって、夫はケージの扉を開け、マーカスを抱き寄せて立ち上がった。「なあ、Ｄｒ・マーカス」

「本当、不思議なめぐり合わせね」私はマーカスの顔を両手で包み込み、自分の顔を近づけた。「コラッ、マーカス。君は賢いお医者様なんだから、オシッコくらいちゃんとしなくちゃね」

「んだなぁ（そのとおりだ）、マーカス。お母さん怖いがら、いうごと聞かねば、ぼんだされるど（追い出されるぞ）。お互い、気いつげろな（気をつけようね）」

「ひどーい、怖くなんてないです」

――アハハ！

私たち夫婦は顔を見合わせ笑いながら、改めてマーカスとの単なる偶然とは思えない出逢いに感謝した。

「でも、名前が二つなんて……」ふと、不安がよぎった。

「それがよ、可南美――」

夫曰く、チーフさんの話によれば、「マーカス」という名前は「コールネーム（呼び名）」というらしく、費用は掛かるが血統証明書に記載することも可能とのこと。

「気にするごど、まったぐねってよ（気にすることは、まったくないってさ）」

――夫がマーカスの名付け親だということに変わりはなかった。

「ああ、良かった」私は思わず、胸を撫で下ろしたのだった。

〝おーい、可南美。マーカス、風呂がら、あがったど（上がったよ）！　ドライヤー、はやぐしてけれ！〟

〝ウォン（お母さん）！　ウォン（僕も）！　ウォン（カスミの彼に逢いたい）！〟

――ほらね、やっぱり大歓迎だ。

「ハーイ！　いま行きマース！」

マーカスがおしえてくれた。笑顔でさえいれば、必ず幸せはやってくる。

マーカスがおしえてくれた。何より、家族が一番大事だってことを。

そして、マーカスがおしえてくれた。幸せのかたちに、きまりはないってことを……。

そうでしょ？　マーカス。乗り越えられない壁なんて、きっとないよね。あんなに苦しんだ、お父さんがそうだったように……。

これからも、私たち家族を見守っていてね。

了

それがどうした。

月岡マーカス　著

1

「ふう……。やっぱ、来るんじゃなかった」

早瀬《はやせ》凛太郎《りんたろう》は、トイレの鏡に向かいため息を漏らした。付き合いとは言え、一向に慣れることができないイベント。それに参加したことを後悔しながら、慎重に手探りで手拭き用のペーパーを抜き取った。失明している彼にとって、外出先での何気ない動作一つ一つが億劫《おっくう》で仕方がない。手を拭き終わるとペーパーを丸め、手探りで足元のゴミ箱に捨てた。

「……さてと、いくとしましょうか」と呟き、凛太郎は盲導犬、マイルスの背中を撫でた。


「はじめまして、早瀬凛太郎と申します。ちなみに、父が太郎、母が凛、生まれる前から決まっていました」凛太郎は、昔から自己紹介で使っているネタを披露すると、間髪を容《い》れずに喋り続けた。「職業は整体師。年収は約五〇〇万、とでも言っておきましょうか、何せ税務署がうるさいものですから」

——こっちは合コンなんて興味ゼロ。サッサと嫌われ、退散するつもりだ。

「へぇ、早瀬くんって整体師なんだ」

「ええ、まあ……」

——はぁ？　貴女《あなた》の目は節穴か？　こちとら店名入りの上下白衣できめたんだ、一目瞭然《いちもくりょうぜん》でしょうが。

今夜は気乗りのしない看護師との合同コンパ。凛太郎は同業者の佐々木正雄《ささきまさお》から、数合わせのため無理矢理参加させられていた。

「年収五〇〇〇万なんて、スゴイね」看護師は感心したように大袈裟に頷いた。「私なんかその半分にも満たないよ」

「でも所詮は客商売、水物なんで。明日の保証はどこにもありません」

「早瀬くん、そんな風に自分の職業を卑下《ひげ》するのはよくないよ。整体師って、立派な仕事じゃない。胸を張らなくちゃ」

——そう言われても、俺には余計なお世話、ここは一発かましときますか。

凛太郎は金髪を掻き上げ、サングラスを外すと、ブルー・アイ（義眼）を披露した。

「あら、素敵。ハリウッドスターみたい」と看護師は目を丸くした。

「よく言われます。ところで、一つお話ししてもいいですか？」

「ええ、もちろん。遠慮しないで、なんでも仰って頂戴」

「では、遠慮なく」凛太郎は、〝ゴホン〟と咳をした。実は先ほどから漂っている、消毒液の臭いが苦手だった。「五体満足の貴女と違い、俺はこの場に好き好んで来たわけじゃない。退散する前に一言言わせてくれないか」

「退散って、どういうこと？　まだ、始まったばかりじゃない」

「生憎《あいにく》、浮気性の貴女に、俺は微塵も魅力を感じない。多分、相棒も同意見だろう」

「浮気性ってどういうこと？　失礼しちゃうわね。それに、盲導犬に私の何がわかるっていうのよ」

「その呼び名は、マイルスに相応しくない。マイメイト（私の愛する仲間）と呼んでくれ」凛太郎はゴールデン・リトリバーのハーネス（胴輪）を右手に持って立ち上がった。「看護師さん。残念ながら、彼にはすべてお見通しさ」

凛太郎はマイルスに連れられて出入り口に向かった。正雄の気配がする。どうやら、目当ての彼女を口説《くど》いているようだ。

「正雄、悪いが先に帰る」

「おっ、その声は凛太郎。どうした？　腹でも下ったか」

「まっ、そんなところだ。せいぜい楽しんでくれ」と言って歩き進むと、凛太郎の前に消毒液の匂いが立ちはだかった。

「ちょっと待って！　あなた、一体何様のつもり？」

先ほどの看護師だった。

「俺は合コンが苦手な中途視覚障害者（人生の途中で病気や怪我などにより失明した人）。看護師さん、あんたの旦那さんは市民の平和のために、日夜交番勤務で頑張っているんじゃないのか？　たまには早く帰って、労《ねぎら》ってやりな」

凛太郎はドアに手を掛けた。途端、隙間から、気の早い木枯《こが》らしが迷い込んだ。

「ブルブル」とマイルスの鼻を震わせる声が聞こえる。

——もういいだろう、退散するとしよう。

「フン！　何よ、偉そうに。あなた、障害者だからって、何を言っても許されると思ったら大間違いよ。侮辱罪で、訴えてやるから！」看護師が背中に声をぶつけた。

——こんな風に、大抵の女性は俺の無礼な振る舞いを叱る。さりとて、俺とマイルスに彼女の相手をしている暇はない。

凛太郎は黙ってドアを開け、枯葉が舞っている木枯らしに吹かれ、帰路を急いだ。

するとマイルスが急に立ち止まり、「クーン」と排泄の合図を送った。

「よしよし、ちょっと待ってくれ」

凛太郎はデイパックのジッパーを開け、トイレシーツを取り出すと、慣れた手つきで彼の足元に敷いた。「さぁ、スッキリしちゃいな」

長い付き合いの末、こんなことも容易くできるようになっていた。

「マイルス、一走りしようか。白衣じゃ走りにくいが、構いやしない」

「ウォン！」ガイドランナー（伴走者）マイルスの低音が響いた。

「レッツゴー！」

三ヶ月間のブランクから、最近やっと勘が戻りつつある。ハーネスにリードを取り付け、二人は風に向かって駆け出した。

——俺は早瀬凛太郎、二十四歳。暗闇に暮らして四年目だが、それがどうした。

2

凛太郎が明かりを失ったのは、四年前のことだった。

寒暖の差が激しいこの辺りでは、夏に成人式を行う地域が珍しくない。そんな、同期生が盛り上がっている終戦記念日。彼は一人、中島総合病院のベッドの上で憮然としていた。

「早瀬さん、何か、ご不便はないですか？」

「中島院長、見えないのは仕方ないとして、義眼って痛くないですか？　それからブルー・ムーンって知ってます？　〝特別なお月様〟って意味なんですよ。それにあやかり、この際、お洒落なブルー・アイなんて、お願いできます?」

院長回診の際、冗談で話したつもりだったが、生真面目で意外な答えが返ってきた。

「最近の義眼はソフト仕様が主流です。コンタクトと一緒で、慣れてしまえば、さほど気にならないでしょう。それに、ご所望とあれば碧眼(青い目)も可能ですよ。それにしても、あの大事故で失明だけで済んだのは、ある意味奇跡です。早瀬さん、気を落とすことはありません。その調子で、命を大切にして、前向きに生きて下さい」

こうして、凛太郎はブルー・アイを手に入れることになった。

当時、東京のデザイン専門学校に通っていた凛太郎は、夏休みに久しぶりに再会した高校のサッカー部員たちと居酒屋で飲み会を開いた。やがてお開きとなり、彼は酔っぱらったまま、市営駐車場に停めてある父親の車に乗り込んだ。あと少しで自宅に到着という時、ハンドルを切り損ね、ガードレールに突っ込んだ。その拍子にハンドルに顔を強打、両目が眼球破裂を起こして、そのまま気を失ってしまった。

その後、気がついた時には病院のベッドに横たわり、目の周りを包帯で覆われていた。

院長の説明によれば、緊急手術を施したが、神経の集まる網膜《もうまく》が損傷していたため、失明を避けられなかったとのこと。そのまま、傷口が回復するまで入院となった。

不思議なもので、入院中は余り事の重大さを考えずに済んだ。免許は一発で「取消」となったが、高額な罰金とガードレールの修繕費は全額父親が出してくれた。おまけに親類縁者、元サッカー部の連中など、誰もが彼に同情し、事故の過失を責められることはなかった。しかも障害者に手厚いこの国には、障害年金制度があり、年に百万ほどが支給されるらしい。それだけで暮らせるわけもないが、彼にとって有難い制度に変わりはなかった。更に、バリアフリー向けのリフォームにも助成金制度が適用されるという。

——この際、利用しない手はない。

凛太郎は、早速業者の手配を父親に頼んだ。

「あなたは救いを求めています。是非、私たちと神に仕《つか》えませんか?」

——どこから情報が漏れるのだろう?

退院後、凛太郎が自宅で白杖《はくじょう》(盲人安全杖)の使い方を練習していると、この手の勧誘がしつこく訪ねてきた。

「昨年逝《い》ってしまったじいちゃんの遺言で、それだけは止められていまして……。すみませんが、一昨日来《おととい》やがれ! って、感じです」などと言って、目のおかげで相手の顔色を窺うことなく門前払いができた。それも束の間、相手は中々手強かった。

「あなたは呪《のろ》われている。直ぐにお祓《はら》いをしなければ、祟《たたり》は孫の代まで続くでしょう」

「ご覧の通り、お先真っ暗な有様で、それには及びません」と言って、凛太郎は包帯を外して見せた。すると相手はその痛々しさに驚き、やっと鳴りを潜めたのだった。

それから色々なことがあり、二年近く経ったある日、いよいよ自分を見つめる時が来た。

その頃の凛太郎は、リハビリのため、母親から近所の『高野整骨院』に連れていってもらう以外、ほとんど家に引きこもっていた。

「凛太郎、マイメイト（盲導犬）協会への返事どうする？　気が乗らないなら、無理には勧めないけど」

「母さん、ありがとう。協会の担当者に、お願いしますって返事してくれ」

一口に盲導犬といっても、この国には色々な選択肢がある。その中からマイメイトを選んだ理由は、単純に呼び名が気に入ったからだった。しかし、世の中そんなに甘くはない。絶対クリアしなければならない条件が凛太郎の前に立ちはだかった。

マイメイト協会のモットーは、「いつでも、どこへでも、人の助けを借りずに出かけられること」。それゆえ、マイメイト使用を希望する視覚障害者は、四週間にわたり協会に泊まり込まなければならない。そして、パートナーとなるマイメイトと同室で寝食を共にしながら、協会の指導員から歩行指導をはじめ、彼らの世話・健康管理、接し方など、生活に欠かせない内容を学ぶことになる。

凜太郎は覚悟を決め、歩行指導合宿に臨《のぞ》んだ。そして相棒、雄犬のマイルス（有名なトランペット奏者の名前から取ったという）三月生まれ二歳と、初めてのご対面となった。

——目が見えなくても、俺には二〇年間の記憶がある。

凜太郎は、マイルスがゴールデン・リトリバーと聞いて、その身体に触れるだけで大きさや姿形が想像できた。やがて「最終テスト」に合格し、盲導犬使用者証を授与されて、家路についた。

——これで、やっと電車に乗れる。

平成十四年、身体障害者補助犬法の施行により、公共施設や交通機関はもちろんのこと、ホテルやスーパーマーケットなどの民間企業も、補助犬同伴の障害者の受け入れが義務化された。そんな中、凜太郎はと言えば、マイメイトを手に入れるまで、どこにも行けない臆病者になっていた。

「明日、マイルスとハローワーク（職業安定所、職安）に行って、職を探してくる」

「凜太郎、焦ることはない。気長に考えなさい」

定年を五年後に控えた役所勤めの父親は、「退職金が入るから心配ない」と、積極的に凛太郎を働かせようとしていなかった。

――親父、俺も二十二だ。そろそろ自分の稼いだ金で風俗に行きたい。

しかし翌日、凛太郎は現実を知ることになった。

職安を頼る以外に術がない凛太郎に適合する求人がそんなにあろうはずがなく、勤め先は福祉施設に限られていた。その中でも、障害程度等級が第一級の彼を必要としている作業場はなかった。

その日を境に凛太郎は、右手に白杖、左手にはリードを携え、マイルスと毎日外出して、とりあえず社会復帰に専念することにした。

――親父のいう通り、焦っても何も始まらない。それにしても、〝マイメイト〟とは本当にしつけが行き届いている。さすが、合格率が二、三割という狭き門を突破した訓練犬だけのことはある。

一般的な指示語、「シット＝座れ」に始まり、「ダウン＝伏せ」「カム＝おいで」「ウェイト＝待て」「グッド＝いい子だ」「ノー＝いけない」「ストレートゴー＝まっすぐ進め」などはもちろんのこと、凛太郎はこれまで、マイルスが家の外でワンツー（排泄をうながす指示語）を必要とした場面に遭遇したことがなかった。

手始めに凛太郎は、マイルスに連れられて、市役所に併設されている図書館に向かった。そこで年上の図書館員、高梨《たかなし》カオルに教えられながら、初めて点字に触れてみた。

「早瀬くん、どう？　思ったより、簡単でしょ」

「ええ、想像していたのとはずいぶん違います」

——どうにか、なるかも知れない。

凛太郎にとって、ほんの微《かす》かだが、光が射した瞬間だった。

その帰り、凛太郎は馴染《なじ》みだったコンビニで久しぶりに買い物をした。目が見えていた時とは明らかに違う、ゆったりとした時間が、そこには流れていた。

そんなある日、凛太郎は高梨カオルから、耳寄りな情報を得ることができた。図書館に置いてある資料で調べたところ、「日本盲人会連合」というところで、整体師への道を手助けしてくれるとのこと。そして、整体師のことを「あはき（あん摩《ま》・鍼《はり》・灸《きゅう》）師」と呼ぶことを教えてくれた。更に、あはき師になるためには三つの国家資格免許が必要であること、免許を取得するための養成施設（厚労省管轄）が存在することと等々、細々とした事柄を懇切《こんせつ》丁寧に説明してくれた。

「早瀬くん。お仕事、決まるといいですね」

高梨カオルは心の底からそう願っていた。

「それにしても、酔っ払い運転なんて最低だけど、他人を巻き込まなかっただけでも、幸運と思わなきゃ」

「確かに……。おかげで、重い十字架を背負ったけどね。色々ありがとう、カオルさん」

凛太郎とマイルスは意気揚々《ようよう》と、親切にしてくれた高梨カオルに礼を言って外に出た。

すると、〝クーン〟とマイルスが鼻を鳴らした。フワリと南風が顔に当たり、気持ちのいい夏の午後だった。

3

「あはき師は国家資格ですが、整体師に免許は必要ありませんよ」

何も知らない凛太郎に、日本盲人会連合の受付の女性は明るい声で電話応対してくれた。「ただ、授業料などの先行投資が要らない分だけ、勤め先も限られています。それに、目が不自由だというだけで、誰でも整体師になれるわけではないですからね」

「どうすれば、整体で生計が立ちますか？」凛太郎が訊ねると、「親切な整体師に出会うことが一番です」と、漠然《ばくぜん》とした答えが返ってきた。

「つまり、おすすめできない、ということですか？」

「それは、私の口からは何とも……。ただ、時間とお金は掛かりますが、一般的には目の不自由な方の多くが、あはき師を目指します」

「なるほど、要は選択の問題だと」凛太郎は、所詮はこの女性にとっては他人事《ひとごと》なのだと理解し、黙り込んだ。

――せっかく、光が射し込んだと思ったのに……。

「あれ？　ちょ、ちょっと待って下さい。この住所――」電話口の女性が、急に素《す》っ頓狂《とんきょう》な声を上げた。「早瀬さん、あなたの近所に高野整骨院があるじゃないですか」

「ええ、高野の爺《じい》さんでしたら、よく知っていますよ。それが何か？」

灯台下《もと》暗し、とはこのことだった。その女性曰《いわ》く、高野整骨医院の院長である高野師匠《ししょう》は全国に弟子が数知れず、業界では名の知れた有名人だった。

「あの師匠なら間違いないわ。早瀬さん、あなたはなんて幸運な人でしょう」と、受付の女性は歌うように言った。

凛太郎は早速、師匠に電話を掛けた。

「爺さん、そういうわけなんだ。俺に整体を教えてくれないか？」

「凛太郎、彼を知ってるか？」師匠は、いきなり黒人アーティストの名前を口にした。

「へっ？　いきなり、なんじゃそれ。知らないとダメなのか？」

「盲目の天才を知らないとは……。凛太郎、全曲聞いてから出直すことだな」

その日から凛太郎は、その黒人アーティスト一色の日々を送ることになった。

「フーン。生後六ヶ月で失明、その後十二歳でメジャーデビューですって」

「しかも、アルバムが三〇枚以上？　全部、聴けってか、爺さん」

凛太郎は図書館で、高梨カオルがパソコンで開いてくれたインターネットの事典サイトを前にして、驚愕していた。

「早瀬くん、ネットの情報はほどほどにね。ところで、余計なお世話だけど――」カオルは凛太郎が問題なく曲を聴けるよう手配してくれるという。「大丈夫、レンタルで済みそうだから。音楽プレーヤーあるでしょ？」

凛太郎はそれ以来、散歩中、約七〇〇曲が詰まった携帯式プレーヤーを肌身離さず聴きまくった。そして在宅中は、ＣＤプレーヤーを流した。すると彼の美声はマイルスにもわかるようで、縁側で凛太郎に寄り添い、静かに耳を澄ませていた。

時は流れ、天才の歌声にすっかり魅了された頃、凛太郎は二ヶ月振りに師匠に電話を掛けた。

「どうだ、凛太郎。耳が研《と》ぎ澄まされただろう」

師匠曰く、「本物を真剣に聴けば聴力が鍛えられる」とのこと。そして、「整体師に最も必要な感性が備わったはずじゃ」と豪語した。

「爺さん、この通りだ」凜太郎は受話器を片手に頭を下げた。「どうか、俺の弟子入りを認めて下さい」

「その前に、凜太郎。今後はわしのことを爺さんではなく、師匠と呼べ」

「えっ？　じゃあ……」

「明日の朝八時、一分でも遅れたらこの話はなかったこととする」

「ラジャー！　しかし師匠、生憎腹時計なもんで、さすがに八時ジャストは無理かと」

「フン。そんなこと、百も承知の介《すけ》じゃ！」と言って、師匠の電話が切れた。

その晩は、早瀬家にとって忘れられない一夜となった。

「凜太郎、おめでとう。お母さん、本当に嬉しいです」母親は凜太郎に笑顔を向けた。

「さっ、コップを空けなさい。今夜は就職のお祝いだ」父親はビールをすすめた。

「まっ、お父さんったら。高野さんのおじい様に弟子入りが決まっただけだって、あれほど話したじゃない。この子に変なプレッシャー掛けないでよ」

「そんなつもりはない、俺はただ……。まあ、一杯やりなさい」

凜太郎はグラスを傾け、有難い両親の口喧嘩に耳を澄ませていた。あくまで想像ではあるが、恐らく二人の掛け合いにマイルスも微笑んでいることだろう。

「父さんと母さん。大事なことは、全部彼の歌が教えてくれた」と言って、凛太郎はビールを飲み干した。すっかり黒人アーティストに感化され、ブルースハープをジーンズに忍ばせていた。「だから、もう大丈夫。心配かけて、本当にすまなかった」

母のむせび泣く声と父の洟《はな》を啜《すす》る音が二人の胸中を語っていた。

——ここで一曲ブルースハープの出番、例えば定番のバラード、あの名曲がなお一層涙を誘うだろう。しかし近所の手前、今夜は控えて、親父とジックリ飲むとしよう。

親子水入らず。凛太郎は父親とグラスを交わした。

「さあさあ、二人共。明日は大事な初日、そろそろいい加減にしたら？」

久しぶりに母親の小言が嬉しく、耳触りがよかった。

「ああ見えても、母さん、昔は可愛らしかったんだよ」と言って、父親がグラスを煽った。

「そうか、お袋はある意味幸せかも。俺の中では、二年前からこの先ずっと歳を取らない」

凛太郎は他愛もない会話が嬉しかった。普通に生きていたら、多分一生交わすことのない会話が……。やがて、父親が酔い潰《つぶ》れて、宴はお開きになった。

翌朝、二日酔いの凛太郎は白杖を引きずりながら、高野整骨院に向かった。マイルスはと言えば、酒臭い凛太郎を叱るかのように力強く目的地までリードした。

「おう、現れたか。何だ、二日酔いとは随分威勢がいいじゃねぇか。元気があって大変よろしい。まあ入れ」高野整骨院院長、高野師匠の声が弾んだ。

「師匠、すみません。夕べオヤジと祝杯を上げ、飲みすぎました」

「オヤジさんも甘いのう。まだ、一銭《いっせん》も稼いでいないっていうのに……。ところで――」と、師匠の声が神妙になった。「お前を指導する若い者を紹介する。確か、二つ三つ年下だが兄弟子《あにでし》だ。心して、教わりなさい」

「兄弟子……ですか」凛太郎は、「――ハァ？　聞いてないっスよ」と言いたいところを飲み込んだ。「師匠、その兄弟子さんは、既にいらっしゃるんで？」

「いや、まだ七時半じゃ。もうすぐ、来るだろう」

緊張の中、凛太郎はマイルスの背中を撫でながら、その時をじっと待った。大型犬が出入りしやすい造りになっているのか、やけに広く感じる空間。多分、ここは待合室だろう。そんなことを思い浮かべていると、ぞろぞろと人の気配を感じた。

「師匠、おはようございます」

「ああ、おはよう。今日もよろしくな」

朝の挨拶が飛び交う中、凛太郎は大人しくマイルスの背中を撫でていた。

――マイルス、俺に勇気をくれ。

日頃にもまして、マイルスのデカい背中を頼もしく感じていた。

程なくして、凛太郎は目の前に人が立っている気配を感じた。

「凛太郎、お前の面倒をみてくれる兄弟子を紹介する」と師匠の声が聞こえた。

「どうも、佐々木正雄といいます。一応、兄弟子ですが、年下なんで」

「早瀬凛太郎です。どうも兄弟子、よろしくお願いします」凛太郎は立ち上がり、声のする方に向かって頭を下げた。

「そんな、頭を上げて下さい。どうせ、よく見えないのですから。アハハ!」と、豪快に笑う正雄。凛太郎は只者じゃない逞しさを感じた。

やがて師匠の気配が消え、正雄主導で二人だけの自己紹介が始まった。

「まずは、簡単なプロフィールを。佐々木正雄、二〇歳独身です」

ここ高野整骨院には八人の弟子が従事しているとのこと。正雄は、「自分以外は全員晴眼者《せいがんしゃ》（視覚障害のない人）です」と前置きをした。

「でも、僕は全盲ではなく、残在視覚のある弱視者です。ですから、明暗、色素、形は何となくですが把握できます」

「じゃあ、義眼ではない、ということですか?」

「ええ、目は自前ですが、普段はサングラスを掛けています。……面倒ですがね」

佐々木正雄は、東北の片田舎《かたいなか》の出身だった。十代後半に緑内障《りょくないしょう》を患い、歳を重ねる度に視力を失っていった。やがて障害者手帳を取得し、盲学校を卒業後、地元の福祉施設に就職した。しかし、単純作業を強いられる日々にどうしても我慢できず、ネットで調べ上げた高野整骨院に転がり込み、弟子入りに漕ぎつけた。

「兄弟子が、地方出身？　全然、訛《なま》ってないじゃないですか」

「へんぱい（先輩）、そんたらごどねっス（そんなことはないです）。おら、いながものだし（僕は田舎者です）、アハハ！」と、正雄はおどけてみせた。

——弱視者といっても、生きるための不自由さは我々と何ら変わらんだろう。しかし、何なんだ、この明るさは。

凛太郎は心の底から感心していた。

「兄弟子、一つ訊いてもいいですか」

「凛太郎さん、兄弟子は師匠の前だけで結構です。普段は正雄で、よろしく」

「じゃあ、お互い〝さん〟付けは止めよう。ところで正雄、どうして、そんなに明るく振る舞えるんだ？」と凛太郎は訊ねてみた。すると正雄は、「師匠から教えてもらった、彼の歌声がすべて教えてくれた」と、サラリと言ってのけた。ちなみに愛犬はジャーマン・シェパード、名前は「佐助」というらしい。

「佐助もお気に入りのようで、彼の曲が流れると、ちんちんしてシッポ振りまくりです」

まるで見えているかのような正雄の見事な話しっぷり。いつしか凛太郎は、尊敬の念を抱いていた。

自己紹介を終え、隣部屋の訓練室に移動した。冒頭、正雄は、「我々の仕事は、『接客に始まり接客で終わる』を重んじた、サービス精神に徹することです」と話し出した。その口調は慣れたもので、まるでマニュアル本でも読んでいるかのように流暢《りゅうちょう》だった。

「僕ら障害者は、どうしてもテクニックに逃げてしまう。でも、お客様はそれを望んではいない。晴眼者より上をいかなくちゃ、誰も指名してくれません。余計な物が見えない分、技術は後からいくらでも磨けます。先ずは、接客業のいろはを身体に叩き込んで下さい」

手始めに、基本中の基本。客に扮《ふん》した正雄が現れ、声のする方向、もしくは、気配を感じる方向に向かって、お辞儀をする訓練をした。必須事項は、笑顔を絶やさないこと。凛太郎は無理矢理笑顔を浮かべ、正雄に確認した。

「ところで正雄、俺の作り笑いは、逆効果ではないかい？」

「アハハ！　凛太郎、気にしなくても大丈夫。幸い、僕にもよく見えない。要は気持ちの問題だから」と言って、正雄は話を続けた。「僕たちは鏡に映る自分の顔を確認することができないのだから、開き直って精一杯笑顔を作る。いずれ、自然な笑顔でお客様をお迎えできるようになるでしょう。その時が訪れることを楽しみにイメージしながら、レッツ！　スマイル！　スマイル！」

こうして、初日は笑顔と会釈で終わった。たったそれだけの作業なのに、凜太郎は、ぐったりと疲れていた。

しかし、本当の訓練はこの後だった。

「凜太郎、ちょっと付き合ってくれないか」正雄は訓練の時とは違う砕《くだ》けた言い方をして、手探《てさぐ》りで凜太郎の肩に手を触れた。

「一体、どこにいくんだ？」と、凜太郎は訊き返した。

すると、「可愛い弟子《おとうとでし》をお祝いするだけさ」と軽く返ってきた。

やがて帰り支度を整え、凜太郎とマイルス、正雄と佐助の異色ペアーは、佐助を先頭に縦に並び、白杖の音をさせながら歩き出した。

凜太郎にとって、こうして誰かと連れ立って歩くことは新鮮そのもの。正雄と喋りながら歩いていると時間を忘れ、結構な距離を歩いたはずだが疲れは全然感じなかった。

「凜太郎、ここが、僕たち障害者に優しい店、『ゴング』だ」

店に到着するや否や、正雄にそう言われ、凜太郎は急にドキドキした。光を失って以来、外食することは初めてだった。なんでも、マスターは元タイ式キックボクサーだとか。それにしても、「ここは盲導犬を連れて入っても大丈夫なのか？」凛太郎は余計なことを思い巡らせ、マイルスに連れられるまま店内に足を踏み入れた。

「あら、いらっしゃい。よく来たわね、正雄。ウフフ……相変わらず、イイ男」

「やあ、マスター、今日は友人を連れてきました。凛太郎くんです」

凛太郎は無言のまま、きつい香水の香りする方にお辞儀《じぎ》をした。

「あら、そちらもイイ男……」短髪に口髭《くちひげ》を蓄えたマスターは、両手を合わせ華奢《きゃしゃ》な身体をくねらせた。「不良の良に水夫の夫、マスターの中村良夫《なかむらよしお》です。凛太郎さん、笑顔、よくできててよ」

「えっ？　それはどうも……。どうぞ、お見知りおき下さい」

その時、凛太郎は自然に笑顔になっている自分に気がついた。

——なるほど、正雄が言いたかったのは、こういうことか。

薄らと化粧をしたマスターに笑顔を褒められ、凛太郎は俄然自信が湧いてきていた。

それに気づいたのか、正雄が凛太郎の肩を叩いた。「よかったね、凛太郎。早速、特訓の成果が出たようだ」

「どうやら、そうらしい。おかげで自信がついたよ」

「じゃあ、大丈夫だね。セッティングしていて正解だった」

「セッティング？　一体、何を準備しているんだ」

「凛太郎、今夜は帰さない。なーんてな。アハハ！」

何も知らない凛太郎は、正雄の笑い声に不安を感じた。

「ところで凛太郎、五千円持ってるよね？」

そう訊かれた時点で気がつくべきだった。よもや、弱視者の正雄が晴眼者を相手にした合コンの鬼だったとは……。

4

「遅いぞ、二人と二匹。わしらはもう飲んどる」「まったく、何やってんだよ」店の奥から、師匠と数名のざわつく声が聞こえた。どうやら、歓迎会というのは嘘ではないらしい。

「さあ、みんながお待ちかねだ。いくぞ、凛太郎」と言って、正雄が急《せ》かした。

凛太郎はマイルスに連れられ、正雄の後に続いた。

テーブルに近づくと、複数の甘い香水の香りが鼻をくすぐった。高級ブランドもありそうだが、安物が大半を占めているようだ。障害者の仲間入りをして以来、なぜか異常に発達した凛太郎の嗅覚《きゅうかく》は、匂いの価値まで嗅《か》ぎ分けられるレベルまで達していた。

凛太郎は足元にマイルスを伏せさせ、正雄の隣に腰を下ろした。すると、人が近づいてくる気配を感じた。

「幹事の佐々木さんですか？　私、女子担当の平塚です。今夜は、どうぞよろしくお願いします」

「こちらこそよろしく。ところで平塚さん、全員揃ってますか？」

「遅いのは、お前らだけじゃ！」しびれを切らした師匠が横やりを入れた。「正雄、ぐずぐずせんと、早く始めろ！　わしゃ、朝が早いんでな」

「ハイハイ、わかりましたよ。師匠」

こうして、正雄の司会でパーティーが始まった。師匠がいる手前、言葉づかいが丁寧だ。

「皆さま、大変お待たせいたしました。司会進行役の佐々木でございます。では早速ですが、恒例の自己紹介から始めます。初めに、新人の早瀬さん、お願いします」

「ハァ？　なんで俺から……」

「よっ、凛太郎！　早くやれ」はやし立てる師匠の掛け声。

凛太郎は渋々立ち上がり、自己紹介を始めた。

「――そんなわけで、右も左もわからぬ新参者《しんざんもの》です。誠心誠意、頑張る所存ですので、

「皆さん、どうか宜しくお願い申し上げます」

「オモロくないのう」

静まり返った会場で、師匠がポッリと呟いた。「凛太郎、独身だけの合コンでそんな挨拶しても、誰も喜ばんぞ。お前のせいで、ドッチらけじゃ」

「まあまあ、師匠。凛太郎さん、合コンが初めてなんで、アガっているんです」正雄がすかさず助け舟を出した。「許してやって、チョンマゲ！　なんつって。アハハ！」

――独身の合コン？　歓迎会じゃないのか？　正雄の野郎、騙しやがって。こんなことなら勝負パンツを穿《は》いてくるんだった。

凛太郎の脳裏に〝不覚〟の二文字が浮かんだ。

凛太郎が悶々としている中、会はどんどん進行した。大分前に奥さんを亡くした師匠を筆頭に、高野整骨院の男五人衆に対し、女性陣も五人。取引先の信用金庫の職員とのこと。全員独身と称しているが、声の感じだけで信用するわけにはいかない。

――この中に、きっと正真正銘、独身の当たりがいるはず。

凛太郎は自慢の嗅覚を研ぎ澄ました。

「ごめんよ、凛太郎。とんだ歓迎会になっちゃって。師匠がこの方が面白いだろうって、だからつい……。ところで、五千円お願いできる？」

正雄は悪びれた様子もなく、凛太郎から会費を受け取り、サッサと気配を消した。

「早瀬さん、ビールでいいんですか？　酎《ちゅう》ハイもありますけど」

隣に腰掛けた若い声の女子が話しかけてきた。凛太郎は、〝ハタチ前後〟と踏んだ。途端に集中力は途切れ、匂いなど、どうでもよくなっていた。

「ありがとう。せっかくだから、グレープフルーツサワーでも頂こうかな」凛太郎は信金の女子職員と和《なご》んだところで話を切り出した。「ところで、お嬢さん。お名前を伺《うかが》っても、よろしいですか」

「お嬢さんだなんて、早瀬さん、お上手なんですね」と三十代後半のベテラン女性職員は皮肉を言った。

しかし、凛太郎は舞い上がってしまい、それに気がつかないでいた。

——ほれみろ、大ウケだ。二年のブランクを吹っ飛ばす俺の口説き文句。いずれ、電話番号を訊き出してやる。

「大橋由美子《おおはしゆみこ》、二十一です。電話番号の交換、お願いできます？」

「どうぞ、由美子さん」凛太郎はすかさず、携帯電話を差し出した。

「折りたたみ式？　懐かしいですね。逆にカッコイイかも。後で掛けてもイイですか？」

——何が逆なのか理解に苦しむが、喜んでくれたらそれでいい。ここは電話を待つことにしよう。

「凛太郎、そろそろお開きじゃ。明日も早い、タクシーで送れ」

まだ宵の口なのに、水を差すように師匠が割って入った。

――師匠、帰りたかったらどうぞ勝手に、俺はやることがある。

そんな気持ちを見透かすように釘を刺された。

「凛太郎、この辺りじゃ、大型犬を引き受ける〝連れ込み〟はないぞ。今夜は、大人しく帰ることだな」

――なに？　マイメイトがいるとホテルが使えないだと。今時、なんて遅れた町なんだ。

「連れ込み？　師匠、由美子さんに失礼じゃないですか」まさか、〝師匠のツテでそこをなんとかできませんかね？〟とも訊けず、凛太郎は見栄を張った。「僕らはただ、二人の未来の話を真剣にしていただけです。ねえ、由美子さん」と同意を求めたつもりが、照れ臭いのか返事はなく、その代わり、スッと立ち上がる気配がして、石鹸の残り香と共に消えて行った。

「凛太郎、ハンデなどクソ食らえ！　去る者は追わずじゃ。女など、他にいくらでもおるわい」

――えっ？　もしや、俺ってフラレた？

「こらっ！　みっともないから涙など人前で流すではない」と師匠に叱られ、凛太郎は自分が泣いていることに気がついた。義眼でも涙が出るとは、驚くべき発見だった。

「ところで、師匠。兄弟子はどちらに？　会費を徴収してから、めっきり声がしないのですが」

「正雄なら、幹事のネェちゃんと、馴染みのラブホにフケとるわい。お前から巻き上げた五千円でな、ケッケッ！」と、師匠はいやらしい笑い声を上げた。「今日はお前の歓迎会じゃ。いくらわしでも、会費を取るわけがないだろ」

「なるほど、まんまとしてやられたわけだ。ところで師匠、佐助はどうしたんです？　そこって、入れないんですよね」

「佐助なら、一匹で先に帰っておるわ。いつものことだ」

「そこまで相棒に訓練を施すとは……。恐るべし、正雄」

妙なことに感心しながらも、「今後は正雄に警戒しなくては」と一日目から気を引き締めた凛太郎だった。


そして、翌日。正雄は何事もなかったかのように、本格的な手技療法の指導を始めた。

「施術をした記録を自分なりに残しておくと、後々ためになりますよ。僕なんか、そのためにわざわざ点字を学んだ口です」

正雄は凛太郎の身体を解《ほぐ》しながら、「意外でしょうが、腰痛の原因は大抵背骨の歪みです。ですから、直接患部である腰は刺激しません」と、背骨の矯正を披露し、懇切丁寧に整体の〝いろは〟を次から次に教え込んだ。

「凛太郎さんは僕みたいな住み込みと違い、初めから独立を念頭に修業した方がいいでしょう。師匠には何かと言いにくいでしょうから、僕から話をしておきますね」

「独立？　この俺が？」いくらなんでも早すぎるでしょう、と半信半疑ではあったが、正雄の気配りが嬉しかった。合コンで毎回お持ち帰りをしているだけあって、人を喜ばせるテクニックは並外れている。

国家試験をクリアしている「あはき師」の師匠と違い、凛太郎は「整体師」を目指した。代表的な療法として、野口、産後美容、スポーツ整体、バランス整体と四種類あり、ここ高野整骨医院では、一通り教えてくれるとのこと。

「整体師のような民間療法は、健康保険が不適応なことは大きなハンデですが、何とかなるのが人生でしょう」

こうして、正雄のモットーを見習い、余計なことを考えるのは止め、前だけ向いて修業に邁進した。

『初めて触れた客のことは、生涯忘れられない』

『正雄、いくらなんでも、それは大袈裟すぎるだろう』と言って笑った、当時の自分が恥ずかしい。

凛太郎が修業を始めて早三ヶ月、目の前に最初の客人が横になっていた。

「早瀬くん、昔、車に追突された後遺症で首が痛いの。指圧は慣れているから、思いっきりやってちょうだい」

威勢のいい図書館員、高梨カオルの声が聞こえる。

——思えば、彼女のおかげで俺はここに立つことができている。今こそ、恩を返さねば。

どこからデビューを聞きつけたのか、早速現れたカオルに凛太郎の胸は昂《たかぶ》っていた。

「では、始めます。カオルさん、違和感があったら、遠慮なく仰《おっしゃ》って下さい」

凛太郎はカオルが頷いている様子を思い浮かべ、自分の手の震えを感じながら、恐る恐る施術を始めた。頭のテッペンから始まり、徐々に下に降りていく。整骨院の女性職員以外、一般女性の身体に久しぶりに触れる歓びに浸る余裕もなく、汗だくになりながら、ひたすら手技を駆使した。

「うっ、ああ……そこそこ」

効いているのか、いないのか……。凛太郎はカオルの声に一喜一憂しながら、黙々と作業をこなし、やがて終了の時を迎えた。

「フー。お疲れ様でした。カオルさん、首の具合はどうですか？」

そう訊いたつもりだったが、返事がない。声が低かったのだろうか？　凛太郎は気を取り直し、再び訊ねた。

「カオルさん。首の具合、どうですか？」

しかし、またしても無回答。その代わり、洟を啜る気配を感じた。

──し、しまった！　力を入れすぎた？　時々リズムが乱れ、タッチが強すぎる時があると、正雄からあれほど注意されたではないか。……これは、お代どころの話じゃない。

「カオルさん、痛かったでしょう。料金は結構ですので許して下さい。どうもすみませんでした」

「……そうじゃない」

──ん？　何だか、微妙な空気。一体、どうしたというのだ？

「早瀬くん、思っていたより、ずっと上手なんだもの。きっと、修業を頑張ったんだなって、私まで勇気をもらっちゃって……。何だか嬉しくて、感動しちゃった」

──俺はこの瞬間を一生忘れないだろう。師匠の教え・其の一。『みっともないから涙など人前で流すではない』が、あっさり破られた。

凛太郎は止めどなく溢れる涙を拭いもせず、初めてのお客がカオルでよかったと、つくづく自分の運のよさを痛感していた。

「高梨様、本日はありがとうございました。またのご来店を心からお待ちしております」

「こちらこそ、お疲れ様でした。また来るから、よろしくね」

「是非、よろしくお願い致します」

帰り際、凛太郎は見ることが叶わないカオルの顔を想像しながら、きっと美人に違いないと確信し、深々と頭を下げた。


やがて一年後、凛太郎は失敗を繰り返しながらも師匠から許可が下り、不安を抱えたまま自宅で独立の運びとなった。自宅の改装は二ヶ月前から取り掛かっており、後は施術に必要な器具を取り揃えるだけとなっていた。

「凛太郎、新品なぞ百年早いわ。なんでも好きな物を持っていけ」

「師匠、本当にありがとうございました。それから、みんなも」

凛太郎は正雄をはじめとする高野整骨院のスタッフに別れを告げた。

「凛太郎、大袈裟だよ。近所に変わりないじゃないか。アハハ！」と正雄が笑った。

「そっちが暇なときは遠慮しないでバイトしに来なよ。それからくれぐれも合コン、お忘れなく」

「ウォーン！」夕暮れにマイルスがいつもより長めに声を上げた。

いよいよ独立。程よい緊張感の中、またしても夏風が顔に当たって気持ちがよかった。

5

凛太郎は店の名前を自分の義眼にちなんで『ブルー・アイ整体』とした。そして開店前日の夜、母親に『開店お試し価格』のチラシを書いてもらい、翌朝、マイルスと一緒にそれを近所に配って歩いた。

「凛太郎ちゃん、開店おめでとう。おばちゃん嬉しいよ、必ず顔出すから頑張ってね。ところで、整体ってどんなことをするんだい？」

「俺の得意なのはバランス整体といって、身体の歪みを元に戻す施術なんだ。ばあちゃんの腰痛も、一発でよくなるよ」

高校生の頃、部活が終わると通っていた浅井食堂にチラシを持っていくと、看板娘、おトキ婆ちゃんは涙混じりに迎えてくれた。「大体この手の同情票が一般的だが、俺の実力はこんなものじゃない。揉《も》まれて、驚くなよ！」凛太郎は心の中で叫んでいた。

午前九時、開店時間となった。

『ワンコイン（五百円）で矯正二〇分！』

チラシ効果か、思わぬ賑《にぎ》わいを感じさせる八畳間のリビング兼待合室。おかげで、初日は客が途絶えることはなかった。

「凛太郎、順調な滑り出しだね。この分じゃ、明日も手伝いが必要かな？」

「正雄、そうしてくれると有難い。師匠に、よろしくと伝えてくれ」

心配性の師匠に代わって、様子窺いに来た正雄は、待合室の混雑に驚きながら、手伝いを買って出てくれた。施術室は六畳間と狭いが、師匠の言いつけを守り、もしものときにと用意してあった施術用ベッドが功を奏していた。母親の用意した昼飯を味わう余裕もないほど忙しいが、開け放った窓から入ってくる南風が心地よい。二人は、汗まみれになりながら次から次と客をさばき、凛太郎は〝成功〟という名の充実感に浸っていた。

「ありがとう、正雄。自分の稼いだ分は、遠慮なく持っていってくれ」

客がやっと引けた夜八時すぎ。正雄に五百円玉の入った手提げ金庫を差し出すと、「あざーす！」と、元気な声が返って来た。

「凛太郎、一万だけもらっとく。後は、僕からの御祝儀と思ってくれ」

今日は、お試しキャンペーン初日。受付担当である凛太郎の母親は、ご近所さんの接待に忙しく、ロクに伝票を起こしていない。よって、正雄の取り分が妥当かどうかは確認の仕様がないが、今日は無礼講。「遅くまですまなかった、飯でも食っていけ」と凜太郎。その後二人は母親の手料理に舌鼓を打ちながら、途中参加の父親と四人で祝杯を上げた。

「正雄くん、凜太郎の手伝いありがとう。今夜は好きなだけ飲んでいってくれ」

「お父さん、今夜はといわず、明日から通ってもいいですよ」

いつものお調子者が顔を出し始めたところで、凜太郎は早々に宴のお開きとした。明日も早い。名残惜しそうにしている正雄に、早く帰れと急き立てた。すると、マイルスと遊んでいた佐助が「クーン」と寂しげに鼻を鳴らした。

――まったく、どこまで似た者コンビなんだ。

しかし、ここで下手に引き留めては正雄の思うつぼだ。凜太郎は心を鬼にして、「じゃあな、正雄。明日も頼む」と別れを告げた。「時間に遅れるなよ」と付け加えて。

そして翌日から連日、客足が途絶えることはなかった。

「凜太郎、このペースじゃ、この先一人では無理だろう。師匠に相談して、正式に手伝おうか?」

「うーん、確かに、このままではパンクする。検討だけでもするか」

「よし、名コンビの誕生だ。二人で天下を取ったるぞ!」

仕事終わりの祝杯に勢いづく正雄。俄然、ピッチが速まり、あっという間にグラスを空けた。連日連夜の宴会。早瀬家のアルコールは、底を突く寸前だった。

しかし数日後、凛太郎たちの予想は大きく外れ、心配は杞憂に終わった。忙しかったのはキャンペーン中の二週間だけ、現実の厳しさは凛太郎の心を容赦なく打ちのめした。

「こんなものだろう。丁度いい、一人でのんびりやっていくよ」

「凛太郎、こんな時こそ授業料の掛かった人脈を活かせ。お前には合コンのツテがあるじゃないか」

閑古鳥が鳴いている施術室のベッドに腰かけ、正雄が励ましの言葉を掛けてきた。

——合コンのツテだと？　相変わらず、冴えた野郎だ。

確かに、凛太郎の携帯電話に登録されている電話番号の大半は合コンの釣果だった。しかし、「あとで連絡してもいいですか？」毎回言われるセリフだが、掛かって来たためしがなかった。

「そんなの気にすることはない。仕事なんだから、誰にも遠慮は要らないよ」

そう言って、正雄は凛太郎の不安を一刀両断した。

こんな時、凛太郎は目が見えないことのもどかしさに駆られる。

——どこまでも前向きで、図太い神経の持ち主、目の前の正雄はどんな風貌をしているのだろう？

　本人曰く、「解散した、五人組アイドルの真ん中にそっくり」と豪語しているが、凛太郎にそれを確かめる術はない。

　その日の正午、凛太郎は昼時を狙い、早速電話を掛けまくった。生憎ディスプレーは確認できないため、手当たり次第、無作為に取り掛かった。しかし、百人ほどのリストの中、まともに電話に出たのは二十人足らず。他は留守録、もしくは着信拒否（？）だった。

「お休み中、恐縮です、高野整骨院の早瀬です。実はこの度、独立の運びとなりまして、一度ご来店頂けないかと、ご連絡した次第で……」

「ああ、あの全盲の……。すみません、仕事が忙しくて――」

　時間が取れないとか、行っている暇がないとか、同じような理由を並べ、結局、誰一人誘いに乗る女子はいなかった。

「ドンマイ、ドンマイ。残り八十人に期待しよう。及ばずながら、協力させてもらうよ」と言って、正雄は自慢のスマートフォンを取り出した。「こんな時、ラインだと手っ取り早い」などと晴眼者みたいな物言いをして、「ボイスオーバーオン！」と声を上げた。

　最近のスマートフォンは、様々な症状の障害者に対応した、あらゆる機能が搭載されている。

『目なんか見えなくても、楽勝、楽勝。凛太郎もスマートフォンに乗り換えなよ。きっと、世界が変わるぜ』

以前正雄に勧められたが、凛太郎にはその必要性が理解できず、未だ踏み出せずにいた。

一方、軽快にスマートフォンを操り、積極的に社会に打って出ている正雄。その姿勢は、無謀の一言では済まされない魅力に溢れている。目に見えなくても、いや、見えないからこそ、正雄の気概がビンビンと伝わってくる凛太郎だった。

「あちゃー、全滅ですか。凛太郎、力及ばず……申し訳ない」

イヤホンで聞いているのか、音がしないので内容はわからないが、断りの返信が届いていることぐらいは凛太郎にも察しがついた。

「正雄、面倒を掛けてスマン。客寄せをお前に頼るなんて、どうかしていた。自分なりに一から始めてみる。だから、心配しなくても大丈夫」

凛太郎は当たり前のことを並べ立て、正雄を整骨院に帰した。「力足らずは俺の方、全く何て様《ざま》だ」恥ずかしさから、早く一人になりたかった。

その日の午後、たった一人の大事なお客様が現れた。

「キャンペーン中は忙しそうだったから、今日になっちゃった。開店おめでとうございます。安物だけど、受け取ってくれる？」

花のことは何もわからないが、高梨カオルが手渡してきた花束の香りは甘く可憐で、卑屈になっていた凛太郎の心を十分癒してくれた。

「カオルさん、一つ訊いてもいいですか？」

凛太郎は前々から知りたかったことを口にした。「芸能人で誰に似てるって言われます？　どうか、教えてもらえませんか」

「どうしてそんなことを？」とカオルに訊かれ、凛太郎は正直に答えた。

「自分は二〇歳までの記憶を頼りに生きている。だから目が見えなくても、その範囲ならどんなことも、目に浮かべることができる。今は貴女の様子を思い浮かべたい」

「そういうことなら」と少し間が空き、カオルは答えた。「自分でいうのもなんですが、背の高いところから、あの女優さんに似ていると言われる時もあります」

――もしや、あの女優？　学園漫画のドラマ化で教師役として共演したことをきっかけに結婚して、夫婦で俳優をしている、あの人気女優？

凛太郎は想像の翼を勝手に広げた。

「恥ずかしいので、そんなに見つめないで下さい」

凛太郎は、いつのまにかカオルをまじまじと見ていた。

「私が、彼女を語るなんて盛りすぎですよね。えへへ」と笑ったカオルの言葉に、凜太郎は光明が見えた気がした。

「カオルさん、もし施術中にその女優さんの名前で呼ばれたら、どう思います？」

「たとえお世辞でも、好きな女優さんとして呼ばれるのは嬉しいな」

「では、今日はその気になってベッドに横になって下さい。俺もそのつもりで、矯正に取り掛かります」

「だったら早瀬くんは、あの女優の旦那《だんな》さんになって」

妙な提案と思いつつ、凜太郎は夫の方になりきって施術を始めた。

「どうだ、気持ちいいかい？　グレートに」

「やだぁ。なんか懐かしいじゃん」

「コイツはどうだ。名づけて、鬼揉みスペシャル！」

「うわぁ……とっても気持ちいい」

とっておきの手技、背骨の矯正にカオル――もとい有名女優が恍惚《こうこつ》の声を上げた。

「オラ！　オラ！　オラ！　こんなに凝りやがってよう！」

「うわ！　うわ！　うわ！　本当にグレート……なんだから」

凜太郎は、懐かしいドラマを再現しながら、何か掴んだような気がしていた。

6

月日は流れ、凛太郎の〝なりきり整体〟ブルー・アイは、それなりに繁盛していた。

きっかけは、酔っ払い事故を起こして以来疎遠になっていたサッカー部の連中を電話で呼びつけ、無理矢理客になってもらったことだった。初めは、「あの時、車で帰るのを止めてくれたらこんな無様な姿には――」などと愚痴が口をつき、険悪なムードだったが、それも馬鹿馬鹿しくなり、昔話に花を咲かせながら、矯正に精を出した。

すると、地元のクラブでサッカーをやっている一人から、思いがけない提案があった。

「凛太郎、サッカーをやっていただけあって、さすが痛いところのツボを知っている。お前、結構いけるかも。なんなら、クラブの連中を紹介しようか?」

それ以来、口コミでアスリートのお客さんが増え、凛太郎はいつしかスポーツ整体を極めることを目指していた。その噂に正雄たちは手放しで喜び、師匠に至ってはわざわざ出向き、スポーツ整体のいろはを手取り足取り、初めから詳しく伝授してくれた。

凛太郎はそれに加え、問診表を最大限に利用することを思いついていた。その問診表には、症状や直してもらいたい箇所の他、「あなたは芸能人の誰に似ていると思いますか？　もしくは、他人から言われますか？」の質問欄があり、お客は必ず「何のために？」と質問する。そして、訳を聞いて納得する内にコミュニケーションが深まり、普通は聞き出せない悩みなどを打ち明ける仲になるという仕組みだった。更に、自分が人を待たせることが苦手なことに気がついてからは、完全予約制に切り替え、こちらも好評を得ていた。

おかげで固定客も増え、収入も安定してきたが、正雄からの悪魔の誘いも復活した。凛太郎はうんざりしながらも、三回に一度は合コンに顔を出したが、一向に慣れる気配はなかった。

本日一人目のお客様、夜勤明けの警官は、柔道で痛めた腰の矯正がルーティンになっているご常連だ。自称、〝元柔道金メダリストの格闘家〟を気取っている。

「大分よくなっていますよ。この調子で一緒に直していきましょう」

「ありがとさんです。おかげさんで腰の具合もすっかりイイみたいっス。ところで凛太郎さん、聞いてもらっていいスか？」

今日の悩みは、恋愛について。休日が不規則なためすれ違いが多く、看護師の彼女に彼氏ができたんじゃないかと心配で堪らない、と愚痴をこぼした。

「あなたの彼女はきっと寂しがりやなんでしょう。腰痛は食生活とも密接していると考えられています。この際、彼女に相談に乗ってもらい、知識を引き出したらいかがです？」

「……なるほど。その手がありましたか」

後に二人は無事結ばれるのだが、凛太郎の話術にも磨きが掛かり、それを目当てにした客が後を断たなかった。

こんな調子で、あっという間に時が流れたある日の正午すぎ、昼休みを利用して訪れた高梨カオルから思わぬ提案があった。

「早瀬くん、私が伴走しますから、一緒に走ってみませんか？　サッカーやってたんだから、走るのは得意でしょ？」

「そんなの絶対無理です。暗闇に暮らして四年ですよ。まともに動けるわけがない」

「それがどうした、というの？　たった四年のブランクじゃない」

高校まで陸上部で、長距離選手だったカオルの趣味は、土日祝日に各地で開催されているマラソン大会への参加だった。

「だからといって、自分の趣味を他人に押し付けてはいけない。まして、俺は障害者。晴眼者のあんたらとは違い、生きているだけで一杯一杯。お客様といえども、これ以上、無茶な発言は控えてもらいたい」と、凛太郎は突っぱねた。

「探したら、できない理由ならいくらでも見つかるでしょう。でも、本当にそれでいいの？　早瀬くん、私たちまだ二〇代だよ。光と一緒に希望も失って、何が楽しいの？」と、カオルは力説した。

「カオルさん、貴女は何もわかっていない。突然視力を失った全盲者の生活が如何に虐《しいた》げられ、どんなに惨《みじ》めなことなのか」

「虐げる、ですって？　早瀬くん、がっかりだわ。とんだ妄想癖《もうそうへき》があるみたい。それに卑屈な根性も治ってないようね」

まだ首の矯正中にも拘《かかわ》らず、カオルが立ち上がり、帰り仕度をしている様子が窺える。「自分一人で稼げるようになったのは本当に凄いことだと思う。だけど、心の奥底にそんな闇を抱えたままじゃ、事業が成功しても、ちっとも楽しくないじゃない？……私ごときが余計なお世話かもしれないけど」と言葉を紡《つむ》ぎ、高梨カオルの気配が消え、部屋にはいつものＢＧＭだけが残った。

凛太郎は、左肘から下を切断したカオルの走っている姿を思い浮かべた。不自由な身体に鞭打《むちう》って、懸命に走っている彼女の勇姿を……。

『私、おっちょこちょいだから。エヘヘ』

高二の春休み、アルバイト先の縫製工場で、機械に挟まったボールペンを拾い上げようとして、左手を挟まれてしまった。病院に搬送されたが、腕を切断しなければならなかったんだと、突然図書館で聞かされた時、凜太郎は耳を疑った。

『ほら、この通り』

疑り深い凜太郎の手を取り、切断した左腕に触れさせ、照れくさそうに笑った天真《てんしん》爛漫《らんまん》なカオル。そんな彼女に、今以上に迷惑をかけるわけにはいかなかった。まして伴走なんて……無茶にもほどがある。

――トレーナーなら買って出るが、俺に構わず、パラリンピックを目指してくれ。

……偽らざる、凜太郎の心の声だった。

その日は夕方の予約、設備会社の社長（自称、強面《こわもて》のグルメ俳優）が入っていたが日中は空いていたので、凜太郎は気分転換にマイルスと散歩に出掛けた。散歩といっても行き先は決まっている。二人は数キロ先の合コン会場、開店前のゴングに顔を出した。

「あらっ、珍しい。いらっしゃい、お二人さん。――ゆっくり、していって」

舐め回すようなマスターの視線を感じながら、凜太郎はコーヒーを、マイルスはミルクをご馳走になった。マスターとの話題はもっぱらタイ式キックボクシングのことだった。結局間が持たず、凜太郎とマイルスは早々に退散して、その足で図書館に向かった。

――まったく、他に行くところがないのか。

凛太郎は自分にホトホト呆れながら、いつもの点字コーナーでサスペンス小説を読み漁り、あくびが出たところで帰ろうとした。

「挨拶なしで帰るなんて、どういうつもり？」

後ろからカオルの怒声が突き刺さった。その声にマイルスが振り返った。マイルスは、凛太郎が彼女に首ったけなのは、とっくに気がついていた。「マイルス、君まで知らんぷりすることないでしょ」

すると、〝クーン〟と彼が鼻を鳴らした。恐らく、頭でも撫でられたのだろう。

――こっちの気も知らないで、なんて気楽なお調子者なんだ。

「マイルス、仕事の邪魔になるから、帰るとしよう」凛太郎はハーネスを引っ張った、が梃子でも動かない。「どうした？　カオルさんに迷惑だろう」

「今度はマイルスのせいにするの？　男らしくないわね」

――彼女の当たりが強くなったのは、多分俺のせいだろう。

凛太郎は反論したい気持ちを抑え、得意の笑顔を作った。

「お客が待っているんだ。生憎、お嬢さんに付き合っているほど、暇じゃないんでね」

――これで終わったな。さらば青春。考えても仕方がない。

凛太郎は気を取り直し、ハーネスを思いっきり引っ張った。

「ウォン！」

珍しく、マイルスが吠えた。

――何を怒っているのだろう？

「いくぞ、マイルス。グズグズするな！」

声を荒らげたが、マイルスは一向に動こうとしない。

「ちぇっ、飼い犬に手を噛まれる、とはこのことか」と舌打ちをして、凛太郎はハーネスから手を離し、白杖で前を確認しながら前進した。

――どうせ、あと少しで出口に決まっている。その先は、タクシーでも拾えば何とかなるだろう。

程なく、自動ドアが開く音がした。興奮していたのだろうか。凛太郎は躊躇《ちゅうちょ》することなく、前に進み出た。「ん？　この感覚は……」あの忌《い》まわしい記憶が蘇り、思わず足がすくんだ。まるで奈落の底に落ちていくような感覚……勝手に足元が震えた。

――フン、どうってことない。

そう強がりを言って、凛太郎は思い切って前に進んだ。しかし、リードを持っていなかったせいだろう、いつものようなバランスが取れず足元がふらついた。慌てて体勢を立て直そうとしたが杖に足がもつれ、その拍子に前のめりに、思いっきり転倒してしまった。

〝ブッブーッ！〟

突然、耳をつんざくクラクション、〝キャイン！〟という悲鳴が耳に届いたのを最後に、その場に倒れ込んだ。

——までは、記憶がある。


「凛太郎、久しぶりじゃのう。元気にしておったか？」

久しぶりに、じいちゃんの怪しげな広島弁が懐かしかった。

「何だ、じいちゃん。生き返ったのか？」

「寝ぼけるではない。この通り、ピンピンしとるわい」

真っ黒に日に焼けたシワクチャの顔から、不自然な白い入れ歯がこぼれた。

「ところで、ここはどこなんだ？　どうして、じいちゃんの顔が見えるんだ？」

もしや、目が治った？　と一瞬喜んだが、じいちゃんはニコリともしなかった。

「それはのう、お前もこっちの世界に来ちまったってことじゃ」

こっちの世界？　と聞き返したが、じいちゃんの表情が変わることはなかった。それればかりか、段々薄暗くなり姿が見えなくなってきた。

「じいちゃん！」思わず叫んだが返事はなく、やがて、いつもの闇の世界が広がってきた。

……早瀬くん。

――微かに俺を呼ぶ声がする。寝ても覚めても暗闇のせいか、時々夢と現実がごちゃ混ぜになる。今はどっちなんだ？

そう思いながら、ふと首をもたげると、ビリッ！　と激痛が走った。イッタァー！

飛び跳ねると、消毒薬の臭いが鼻を突いた。ん？　ここは病院か？

「早瀬くん！　よかった、本当によかったよ……」

「カオルさん？　俺は一体……」

――どうしたんでしょう？　と訊きたかったが、頭痛がして声が続かない。どうやら、軽いむち打ちらしい。

「……ごめんなさい。私が意地悪したばっかりに、本当にごめんなさい」

泣きじゃくるカオルの声が遠ざかる。

「早瀬さん、もう大丈夫ですよ」と囁《ささや》きながら医師が打った注射が効いてきたのか、凛太郎を急に眠気が襲った。

次に目が覚めた時、正雄の気配がした。

「おっ、やっとお目覚めか。それにしても強運だな、凛太郎」

正雄の話によれば、図書館から出た凛太郎は、まっすぐ歩道を横切り、車道に足を踏み入れた。そこに、よそ見運転の車がぶつかりそうになり、マイルスが助けようとして車に体当たりした。その後、凛太郎は、図書館からほど近い市立病院に救急車で搬送されたという。

「その分じゃ、マイルスのことは聞いていないらしいな」

凛太郎は、短気を起こしたことを悔やんでも悔やみきれなかった。

「俺は、何て馬鹿なことを……。マイルスは……マイルスは、無事なのか？」

頭の中が真っ白になり、そう訊ねるのが精一杯だった。

「まあ、命あっての物種《ものだね》だ。これからは、無茶するなよ」

凛太郎の質問には答えず、正雄の気配が病室から消えた。

声を上げて泣いたのは、いつ以来だろう？　凛太郎は一人ぼっちの病室のベッドに横たわり、マイルスのことを思い出すたび、涙が溢れていた。「……ごめんよ、マイルス」自然に呻《うめ》き声が上がり、己の愚かさを呪った。

「せめて、あと二年……」マイルスのマイメイトとしての任期はもう、残り僅かだった。

翌朝、「失意の中でも人は腹が減るのか」と呆れながら、凛太郎は朝食にありついた。やがて、午前の検診に訪れた医師から首の痛みを訊かれたが、「特別問題ない」と素っ気なく答えた。結局、どこにも異常は見つからず、退院の運びとなったが、マイルスのことが頭から離れない。

……退院なんて、嬉しくもなんともなかった。

「落ち着くまで休養することじゃな」迎えを買って出た師匠は、タクシーの中で凛太郎を気遣った。「なに、お前なら直ぐに勘を取り戻す。心配は無用じゃよ」

「師匠、病院でじいちゃんに逢いました。あれは、途中まで迎えに来たってことですかね」

「おお、一太郎さんが現れたか。お前は、まだ早いと返したんだろ」

「……だといいんですが」凛太郎の声が萎《しぼ》んだ。「こんな不細工な命、なんの足しになるんでしょうね」

「馬鹿を言うんじゃねぇ！　出世頭がそんな有様でどうする。その根性、一から叩き直してやるから覚悟しな！」

遠慮なく自分を叱ってくれる師匠。その存在が凛太郎には有難かった。そして、マイルスのいない我が家、とてもじゃないが帰る気にはなれなかった。

やがて、高野整骨院に到着した。

「しばらく、凛太郎の面倒を見てくれ」

師匠の言葉にスタッフの誰もが頷いているようだったが、凛太郎は痛くもない首をさすり、うつむいていた。

「凛太郎、まだ落ち着かないか。色々大変だな」

「ああ、しばらく世話になる。この際、店なんかどうでもいいよ」

正雄に投げやりなことを言っても仕方がないのはわかっている。わかっているが愚痴を吐くのは甘えている証拠だろう。

「師匠、こりゃあ重症です。薬が効きすぎました」

――薬が効いた？　正雄、何を言い出すんだ。

「凛太郎、金輪際《こんりんざい》、無茶はしねぇって誓うか？」

――師匠まで……。わかりきったことじゃないか。

「ええ、自分が本当に愚かな人間だってことは、身にしみました」

凛太郎は、「それがどうした」と言いたいところを飲み込んだ。

〝ウォン！〟

突然、マイルスの声が聞こえた。

――駄目だ、幻聴が始まった。せっかく耳鳴りがおさまったと思ったのに……。

「凛太郎、命の恩人が待ちくたびれとるぞ」

師匠の言葉に、凛太郎の頭の中が真っ白になった。「大した奴じゃ。車と相撲を取って負かすとは、正に恐れ入谷《いりや》の鬼子母神ってか」

「マイルス……」

突然、凛太郎のもとにマイルスが駆け寄って顔を舐め回した。凛太郎は驚きのあまり、腰が抜けたみたいにその場にへタリ込んでしまった。

「凛太郎、マイルスが死んだなんて一言も喋ってないぞ。お前が勝手に早とちりしただけじゃないか」

正雄の言い訳も、ほどよく聞こえた。

——とにかく、生きていてくれてありがとう。

〝クーン〟と鼻を鳴らすマイルスを抱きしめながら、凛太郎は命の有難さを骨の髄《ずい》まで感じていた。

7

翌日の朝一番、凛太郎とマイルスは図書館に出向いて、心配を掛けたカオルに退院の報告をした。

「カオルさん、先日は、すみませんでした」

「こちらこそ、本当にごめんなさい。軽傷でなによりでした」

入院中、病室でまんまと正雄にしてやられたマイルスの一件を面白おかしく話すと、カオルは声を押し殺して笑った。

――どうやら、俺のトークは健在らしい。

「おい、あの犬じゃねえか、主《あるじ》を庇《かば》って車に向かって行ったのは」

「ああ、確かに、大柄なゴールデンってことだった。それにしても、怪我一つしないでピンピンとは、大した盲導犬だ」

学生らしき二人組の噂《うわさ》話が凛太郎の耳に入ってきた。あの事故以来、マイルスはちょっとした有名人、もとい有名犬になっていた。間抜けな主と勇敢な盲導犬。世間にどう映ろうと構わない。凛太郎にとってマイルスは、命の恩人であることに違いはないのだから。

――ん？　カオルさん？

突然、カオルの気配が遠ざかった。

「ちょっと、君たち、体育大の学生でしょ。コソコソ話はスポーツマンらしくないよ。言いたいことがあったら、直接本人に話したら？」

「えっ？　そんなつもりじゃ……。気に障《さわ》ったのなら謝ります。ただ、凄い犬だなと思って」

「だったら直接言ってやりなよ」と、カオルが凛太郎のもとに学生を連れてきた。

「早瀬くん、体育大の学生さんが是非お話ししたいってさ」

――カオルさん、筒抜けですよ。話があるのはマイルスにでしょ？

と、言いたいところを飲み込み、凛太郎は無理矢理笑顔を作った。

「一体、何のお話でしょう？　僕らのことだったら、何でも訊いて下さい」

凛太郎は、誰でもいいからマイルスの自慢をしたくなっていた。

学生たちは「体育学部三年の松本です」「同じく稲葉です」とそれぞれ自己紹介をすると、松本が意外なことを口にした。

「僕たちはそれぞれ、スポーツトレーナーと介護士を目指しています。ついては、スポーツ整体で有名な早瀬さんに色々教えてもらいたいです」

早速、カオルが用意してくれた談話室で、インタビューを受けることになった。

「すみません、突然。丁度、論文を書いていたので助かります」と松本が前置きをして、学生たちは交互に質問を始めた。

初めに松本が、整体師になったいきさつと、修業時代のことをあれこれ訊いた。

凛太郎は包み隠さず、酔っ払い事故から二年間の引きこもり生活、やがてマイルスと出逢い、カオルの手助けで協会を通じて整体師を目指すことになったこと、幸運なことに高野の師匠に弟子入りできたことを適当に脚色して面白おかしく話して聞かせた。

「へえー。中々、壮絶な人生ですね。まるでドラマのようだ」

学生たちは話に耳を傾けながら、感心しているようだった。

「ところで早瀬さん、つかぬことをお聞きしますが——」稲葉が身を乗り出した。

「おい、よせよ。そんな話、早瀬さんに失礼だろ」と言って、松本が横やりを入れた。

「何でも訊いていいって、言ってくれたじゃないか」

その言葉に、察しのいいカオルは、早々に部屋を退いた。

——どうやら、あっち方面の話らしい。学生といっても俺と三つほどしか違わない。視覚障害者の性について、興味を抱くのは当然のことだろう。

凛太郎は、「構わないですよ」と頷いた。「何でも訊いて下さい」と。

「——えっ、合コンですか？　何だか、想像していた世界と随分違いますね。それに、僕なんかより、ずっと積極的だ」

正雄の武勇伝を聞かせると、学生たちは一様に驚きの声を上げた。実際、晴眼者が思っているほど、障害者の性は特別なことは何もない。

時代劇では盲目の侠客《きょうかく》、神業《かみわざ》の座頭市《ざとういち》が有名だが、その妖艶《ようえん》な指圧シーン（濡れ場）は脚色以外の何ものでもなく、特定の相手がいない凛太郎は、「年に数回の風俗通いと、後は君たち学生諸君と何ら変わらないやり方で、欲望のはけ口を満たしている」と笑顔で説明した。

「ねぇ、もう終わった？　入ってもいいかしら？」

グッドタイミングで、コーヒーの香りと共にカオルの声がした。

「どうぞう、内緒の話は終わったよ。丁度、コーヒーが飲みたかったところだ」

やがてカオルも加わり、コーヒーを飲みながら、再びインタビューが始まった。

稲葉がスポーツ整体について専門的な話を聞きたそうにしていたが、凛太郎は、「なりきり整体」を始めた由来を説明した。隣のカオルがソワソワし始めるのが手に取るようにわかったが、構わず進めた。

「へえ、あの夫婦。そう言えば似ているような……。何だか、面白そうですね」

「やだぁー、早瀬くんったら。バラすことじゃないでしょう」

続けて、手技療法については、「複雑すぎて口では説明できない。一度来店して、体験することをお勧めする」と、凛太郎は話を締めた。

「最後に、早瀬さんもパラリンピックを目指しているんですか？」

余りにも唐突な松本の質問に、凛太郎は思わず押し黙ってしまった。

「その話題は、ちょっと……。今日は、このぐらいにしてちょうだい」

割って入ったカオルの声が上ずっている。「障害者の誰もがパラリンピックに出たがっているなんて、誤解もいいところよ」

「そうなんですか？　でも、高梨さんは目指してますよね。ゼミの教授が言ってました。パラリンピックに出ることがすべてじゃない。希望を抱き、それに向かって努力することこそ、真の価値があるって」

「価値ですって？　まったく、呆れて物も言えない」

カオルの声が尖った。「教授か何か知らないけれど、そんな論理、上から目線の健常者のエゴにすぎないわ。私はマラソンを純粋に楽しんでいるだけ。パラは、単なる目安にすぎない」

そう言い切ったカオルの言葉が凛太郎の心に響いた。

——楽しむだけだったら、俺にもできるかもしれない。

凛太郎の瞼《まぶた》に自分の走っている姿が浮かんでいた。

「……俺、走ってみようかな」見栄を張ったわけではないが、口をついて出ていた。

「ハーネスに長めのリードを付け足せば、なんとかなるんじゃない？」

「早瀬くん、急にどうしたの？　無理しなくてもいいんだよ」

「カオルさん、俺は——」無理をしなくちゃ、何もすることができないんだと、凛太郎は言いたいところを飲み込んだ。「貴女みたいに、颯爽と走りたくなった」

——黙り込んでいる様子から察するに、突然の宣言に学生さんたちは呆れた顔をしているだろうが、幸い俺には確認する術がない。

「凄い、早瀬さん、あなた凄いですよ。僕らも応援しますから、この際、パラリンピックを目指して下さい」松本の声が響いた。

昭和三十九年、東京五輪で初めて、パラリンピックに参加した日本勢は成績が振るわず、外国人選手の自信に満ち溢れ、堂々としたその姿に打ちのめされたという。それから半世紀、年々パラリンピックはテレビ中継と共にメジャーになってきた。パラリンピックの「パラ」は、ギリシャ語で「対等」という意味を持つ。

「さて、そろそろお開きにしようか。学生諸君、気が向いたら是非来店してくれ。学割で大出血サービスするから」

「ありがとうございました。きっと、寄らせてもらいます」と松本、「じゃあな、マイルス」と稲葉が続いた。

程なく、学生二人は気配を消し、後に残された凛太郎とカオル、そしてマイルスは、しばしの沈黙の末、〝クーン〟とマイルスの鼻声を潮に、凛太郎が口を開いた。

「カオルさん、申し訳ないが、俺でも走れる安全な道順をマイルスに教えてもらえないだろうか。マイルスのことだ、一回走れば覚えると思うんだ」

凛太郎の計画では、カオルを先頭にマイルスがその後を追い、自分はリードを持って駆け走る。一言で片付く話だが、即答しないカオルの様子からみて、そんなに甘くないことは見当がついた。

「私から誘っておいてなんだけど、マイルスに任せるのは、どうしても気が引けるわ。私のガイドじゃ、信用できない？」

「そうじゃない」これじゃ、前回同様、また繰り返しだ。立て直さなければ……。

「俺は、貴女のパラ出場を邪魔したくないだけなんだ」

「パラなら、二人で目指したらいいじゃない。私は伴走に徹するわ。私は障害者としてではなく、ブラインドマラソンのガイドランナーとして出場することを目指している」と、カオルは高らかに言った。そして、「早瀬くんならメダルも夢じゃない」と、はしゃいでみせた。

翌朝、六時。サッカーパンツにTシャツを着こんだ凛太郎はマイルスと一緒に、自宅に迎えに来たカオルの黄色い車に乗り込み、河川敷に移動して練習を始めた。

「まずはストレッチ、それがすんだらウォーキングを始めましょう」

「了解」凛太郎は手始めに屈伸《くっしん》運動を始めた。久しぶりに関節を伸ばすと、これがまた気持ちがいい。懐かしい感覚に浸りながら一通り済ますと、今度は地べたに座り開脚ストレッチを始めた。

「さすが、元サッカー部。相当柔らかいわね」カオルは凛太郎の姿に目を丸くした。

「ねえ、ポジションは？　細身だから、キーパーじゃないよね」

「主にミッドフィルダーだった」と言って、凜太郎は顔を上げた。

「それも攻撃的な。これでも、得点王だったんだ」

「へえ、やるじゃない。チームの司令塔でしょ」カオルは感心しながら、凜太郎の隣に座った。「私もストレッチしようっと。凜太郎に負けていられないから」

「へっ、いきなり呼び捨て？」凜太郎の声が裏返った。

「何か問題でも？」

「いえいえ、どうぞ好きにして下さい」

こうして凜太郎は、「早瀬くん」から「凜太郎」に呼び名が変わった。

やがてストレッチが終わり、いよいよ練習本番となった。

「最初の関門は、私たち二人がいかにシンクロ（同期）することができるか。二人のタイミングが合わないことには何も始まらない。凜太郎、私をマイルスだと思って信用してね」カオルは「絆」と呼ばれる一メートルほどの長さのロープを輪にしたガイドロープの端を凜太郎の左手を取って握らせた。「絶対に離しちゃだめだよ。——じゃあ、先ずはゆっくりでいいから、怖がらずに歩き出してみて」

凜太郎は左手にロープを、そして右手でハーネスを持ち、初めての感覚に怯えながら、マイルスと恐る恐る足を踏み出した。

「あっ、ちょっと待って」

カオルは駆け足で車に戻り、長めのリードを取ってくると、マイルスのハーネスに取り付けた。「ＯＫ！　さあ、出発しましょう」

「おじちゃん、おはようございます」

「おっ、カオルちゃん、彼氏かい？　朝から精が出るね」

「やだぁー！　おじちゃんったら、そんなんじゃないです」

などと声が飛び交う中、凛太郎は慣れない土手道を歩くことに必死だった。それでなくても、川面《かわも》を走る横殴りの風が、否応無しに恐怖心を煽っている。

そんな中、「三歩先、水たまり！」とか、「一メートル先にデコボコ！」「ここからカーブ、こっちに寄って！」とか、正確な情報を短く伝えるカオルの誘導に手ぬかりはない。そんな細やかな気配りのおかげで、凛太郎は小石につまずくことすらなく、何とかやり過ごしていた。

二〇分ほど歩いただろうか。凛太郎は徐々にコツをつかみ、身体が温まってきた。

「凛太郎、思い切ってハーネスを離してみて」とカオルに言われ、「無茶だよ」と抵抗したが、〝ウォン！〟とマイルスに吠えられ、ハーネスから手を離してみた。カオルはと言えば、既にリードを腰に巻きつけている。

「あれ？　歩きやすい」

利き腕の右腕が自由になり、カオルとロープで繋がっている左腕と交互に振ることにより、左右のバランスが整ってきた。

「私に遠慮しないで、もっと左腕を振って」カオルは右手を振りながら、凛太郎に加減を伝えた。「うん、その調子。——ちょっとだけ、スピードを上げるね。凛太郎、自分のペースで歩いてみて」

凛太郎はカオルの側に身体を寄せ、できる限り足を速めた。マイルスはと言えば、カオルの後ろをついてきているようだった。

——順調、順調。両手を振りながら歩くことが、これほど気持ちがいいとは。

凛太郎は川風を全身に浴びながら、ひたすら前進した。

「お疲れ様、今朝はこれくらいにしましょう。初ウォーキングは、どうだった？　結構、堪《こた》えたでしょう？」

「うん、疲れたよ。でも、久しぶりに外で思いっきり身体を動かして気持ちよかった。この分だと、今夜のビールは格別だろうな」

「何のんきなこと言ってるの？　仕事が終わったら迎えにいくから、準備していてね。今度は、初めから私と二人でウォーキングしましょう。早く、持久力をつけないとね」

本気モード全開でパラリンピックを目指すカオルは、凛太郎の食生活にまで口を出し、先ずは禁酒をするよう促した。

「眠れなくなったら、かえって不健康じゃないか」

「大丈夫。不眠症だったら、三日も起きてりゃ治るから」

「隠れて飲んだらどうするんだよ」と諦めの悪い凛太郎に、「それも大丈夫、今頃あなたの自宅からアルコールの類はなくなっているから。お父様には気の毒だけど、パラリンピックに出場するためには家族の協力が不可欠なのよ」と、凛太郎の母親と結託《けったく》したことを明かした。

「これで、合コンともオサラバだな。散々世話になった師匠になんて言い訳しようか」

「あら、行きたかったらどうぞ。どうせ、お酒が出てくることはないと思うけど」

——昨日の今日なのに、既に師匠まで取り込んでいるとは、なんて手回しが早いんだ。

凛太郎は何も言い返せなかった。

それから、三ヶ月後。

凛太郎は日常生活でも白杖を必要としなくなった。そして左右の腕を振りながら、時には道路の窪《くぼ》みにつまずき足首を捻挫《ねんざ》したり、またある時はカオルとぶつかり転倒し、身体のあちこちを擦りむいたりと悪戦苦闘しながら、ウエストポーチに給水用のボトルを携え、ジョギング程度なら二時間以上続けて走れるまでになっていた。その間マイルスの出番はなく、車の中で留守番をするようになっていた。更に、カオルの無謀な挑戦は思わぬ宣伝効果を生み、本業のブルー・アイの予約が途絶えることはなかった。

そんな忙しい合間を縫って、凛太郎たちは夢の階段を一歩一歩確実に上っているように、世間には映っていた。

「もちろん、タイムは大事だけど、まずは四二・一九五キロを完走できる体力をつけなくちゃ。肝機能は最も大切な内臓だから、辛いだろうけど、お酒は我慢してね」

「大丈夫、最近はノンアルが結構いけるんだ」それに焼酎を数滴混ぜていることは、正雄との秘め事だった。「酒に未練なんかないよ」

多分、こんな有様では、パラリンピック出場は無理だろう。それに、障害者競技といっても出場資格はオリンピックに何ら遜色《そんしょく》なく、権威ある国際大会で好成績を残さなければ出場切符は手に入らない。

凛太郎はカオルの協力を得て図書館で調べれば調べるほどその狭き門に心が萎えたが、毎朝夕の練習を止めることはなかった。

「今日は給水の練習も兼ね、思い切って二〇キロを目指しましょう。今日から、今までとは逆手の右手でロープを持ってもらうけど、絶対離さないでね」

今まで凛太郎は喉が渇いてくると、腰のポーチから右手で二八五ミリリットル入りのペットボトルを抜き取り、水分補給をしていた。その点、左手を切断したカオルはどうしていたのだろう？　ふと、疑問に思い訊ねてみた。すると……「そんな下らないことを気にする暇があったら、少しでもタイムを上げて下さいな」と、男勝りなカオルの返事はエッジが効いていた。

マラソンでの給水補給はレースの勝敗を左右する重要なポイントだ。練習時はウエストポーチでも構わないが、レースとなるとそうはいかない。ランナーはいくらでも身体を軽くする必要があり、カオルは給水場に並んだ水の入ったカップを右手で受け取り、それを問題なく凛太郎に手渡しすることが必須事項となる。健常者には何気ない動作だが、障害者には一筋縄ではいかない。彼女はその対策として、自分の練習用義手を使用することを思いついていた。その義手は数十キロの負荷に耐えられる筋トレ用で、重りなどを取り付けられるよう先端にリング状の金具が付属している。そこにロープを潜らせ、片方を凛太郎に握らせる。そして、自分の腰にペットボトルの入ったウエストポーチを装着して、準備万端となった。

翌日が祝日の日曜の午前一〇時頃。いつもの休日のように河川敷に降り立ち、遅い練習に取り掛かった。練習を終えると、凛太郎の自宅で一緒に母親の作った昼食を摂ることが最近のルーティンとなっていたが、二〇キロを完走するとなると話が違ってきそうだ。

凛太郎は、そんなどうでもいいことを考えながら走り出した。すると右手が自由にならないせいかバランスが崩れ、足取りがいつもより重く感じる。カオルの息遣いも心なしか不規則に思えた。暦の上ではとっくに秋のはずだが、相変わらず容赦なく照りつける日差し。凛太郎は、滴り落ちる汗をそのままに、ひたすら前に走った。途中、「給水！」とカオルが叫び、彼女が右手に持ったペットボトルを差し出したが、凛太郎にそれを受け取る余裕はない。「凛太郎、苦しいのはわかるけど、お願いだから受け取って」そんなやり取りを何度か繰り返すうち、やっと受け取ることができるようになった。

「凛太郎、もうすぐ一〇キロ。どう？　苦しくない」

「ハァ、何とか、ハァ、大丈夫、ハァ、かな？」

凛太郎は苦しくなると、カオルに身体をすり寄せる。その度に、「ペース、落とさない！」と、カオルの気合が入った。

やがて、二人は終点に近づいた。

「このペースで十分いけそうね。初めての割には上出来よ」

珍しく褒め言葉を頂戴したが、凛太郎の体力は限界に近づいていた。案の定、折り返し地点に到着した途端、足がふらつきバランスが保てない。〝ハァ、ハァ〟と息遣いも荒くなり、俄然ペースが落ちてきた。

――一〇キロとはえらい違いだ。ランナーズハイ？　未経験だが、この苦しみの先に待っているものなのか？

凜太郎は淡い期待を抱き、全身の力が抜けていく状態の中、足だけは止めなかった。

「もう、ひと踏ん張り。あと少しだから、頑張って！」

暗闇の中、カオルの声がやけにハッキリ聞こえる。

大体、男子ランナーに女子の伴走は世界でも例のないことだった。それだけでも十分無謀なのに、ズブの素人の凜太郎。万が一にも出場できるほど、パラリンピックは甘くはない。だが、それがどうした、今回が駄目でも次がある。先日、マイルスの任期が十歳頃までと聞き、あと五年も残っていることを知って安心したばかりだった。

――あれ？　身体が軽い。

前向きなことを考えた途端、体調が回復した。

――そうだ、来週はフルに挑戦してみよう。今回の二〇キロなんて、俺たちにはほんの通過点にすぎない。前へ、前へ、前しか見ないで、ひたすら前へ。

――おっ！　今度は呼吸が整ってきた。この調子だ。息遣いが不思議なくらい楽になり、勝手に身体が動いている。これが、ランナーズハイ？　だとしたら、何て楽ちんな気分なんだ。

凛太郎は練習を始めた当初を思い出していた。二〇分程度の軽いウォーキングで息苦しさを感じ、徐々にペースを上げた。そして一〇分走っては休み、また一〇分走っては息が上がって咳込《せきこ》み、やたらタンが絡んだ。それを繰り返した挙句、足がつったことも一回や二回ではない。四年間の運動不足を痛感した最初の一ヶ月間、凛太郎にとって、それも、もはや懐かしい過去の記憶となっていた。

「さあ、もうすぐゴール。ペースを上げて一気にシンクロするわよ」

ロス防止のため、前だけを見据えたカオルの合図で、ペースを上げたが違和感はない。

——よし、いけそうだ。もう少し、ペースを上げてみよう。大丈夫、大丈夫、この調子で一気に進もう。

汗ばんだ全身に秋風がひんやりと気持ちがいい。身体の中から余計な物がすべて流れ出し、頭の中が空っぽになってきた。

「お疲れ様、ここからはクールダウンよ」

——やった……。走りきった……。

凛太郎は、初めて体験する〝限界〟に息が上がり、言葉は出ないが、得も言われぬ感動と達成感に包まれていた。

「やったね、凛太郎。この分だと、年内中にフルマラソンも夢じゃない」

――ハァ、君の、ハァ、おかげだよ。ハァ、ありがとう……。

カオルの明るい声が有難かった。伴走者がブラインドランナーの何倍も疲労することは正雄のネット情報で知っていた。まして凛太郎は男。彼女の気遣いは並大抵のことではなかった。

お腹の緩い凛太郎は早朝頻繁に生理現象を催す。練習当初は見栄を張り、気づかれないように我慢したが、そんなことが続けられるはずもなかった。結局、顔を歪めた彼に気がついたカオルが、河川敷に設置された簡易トイレに連れ込み、ギリギリ事なきを得る場面が数回あった。その時も愚痴一つ溢さず、「気がつかなくてごめんなさい」と彼の面子を潰さないよう気配りを見せた。どんな状況でも適切に対応できる名トレーナーの高梨カオルは、早瀬凛太郎にとって掛け替えのない唯一無二のガイドランナーになっていた。

やがて、二〇キロを走り終え、クールダウンに入っても、カオルの足は止まらなかった。それどころか、「キツいけど我慢してね」と急にスピードを上げた。それを二、三回繰り返し、へばったところで、やっと止まった。

完全にグロッキー状態の中、凛太郎は土手の芝生《しばふ》で足を伸ばし、マイルスと一緒に寝転んだ。隣に座ったカオルは、予想以上の出来栄えに上機嫌だった。

「最後のダッシュはインターバルといって、ラストスパートのつもりで自分を追い込む、プロも実践している最も効率のよい練習方法。キツいけど、やるとやらないじゃ大違い、頭に入れといてね。――さてと、今日の練習は、もうこれくらいにしましょう」

「夕方は休みってことだね。じゃあ、家でゆっくり昼飯でも食べよう」

凛太郎たちはいつも通り、母親の用意した昼食にありつくことにした。

8

車で自宅に戻ると、母親からカオル宛のメモ書きが待っていた。

「お父様とお母様、伯父様の容態が急変して、急遽お見舞いにお出掛けしたみたい。帰りは遅くなるそうよ」

「なんだよ、それ。飯はどうすんだよ」

「店屋物で済ませてくれってお金が置いてあるけど、どうする?」

凛太郎は、本家の伯父がガンを患い、五〇キロ先の大学病院に入院していることは承知していた。余命半年ステージ4、末期の胃ガンだということも。

「せっかくの機会だから、何か作ろうか?　これでも、料理にはちょっと自信があるんだ」

凛太郎に異論がある訳もなく、カオルと一緒に近くのスーパーマーケットに買い出しに出かけることにした。法律上はマイルスの同伴は可能だが、基本的にスーパーはペット立入不可。マイルスに留守を預けることにして、二人は交替でシャワーを済ませ、再び車に乗り込んだ。

——スーパーに来るなんて何年ぶりだろう。

凛太郎はカオルの左肩に手を置き、足を踏み出した。自動ドアが開き、喧騒《けんそう》の中、カオルの隣を歩いていると、エアコンの効きすぎか自然に鼻水が垂れてきた。

「はい、どうぞ」

絶妙なタイミングでカオルからティッシュを渡され、凛太郎は鼻をかんだ。

「お昼は焼きそばでいいとして、夜は何が食べたい？」

「何でもいいよ。君に任せる」

メニューを考えているのか、カオルは時々立ち止まりながらカートに品物を入れている。一方、凛太郎はと言えば、横に突っ立っているだけだが、ちょっとした夫婦気分を味わいながらニヤついていた。

——サングラスをしてきて、大正解だった。

「お腹減ったでしょ、急がないとね。後は祝杯用の飲み物だけ」と、凛太郎にとってイカしたセリフが聞こえてきた。凛太郎は、まるでエサを目の前にした仔犬のようにスキップを踏んだ。もし尻尾がついていたら、周りが呆れるほど振り回したことだろう。

やがてカオルがカートに瓶《びん》の類を入れる音がした。

――もしや、ワイン？　それとも、シャンパン？

凛太郎は期待に胸をふくらませ、カオルから少し離れ大人しくしていると、「どうぞ、お飲み下さい」と、キンキンに冷えたミニ缶を渡された。不思議に思い首を傾げると、「新作のビールです」と嬉しい答えが返ってきた。思わずポケットにしまい、「ありがとう」と微笑むと、「もう一つ如何ですか？」と訊かれ、凛太郎は、「是非」と頷いた。

そんな凛太郎にカオルが気づいている様子はなく、「これでおしまい、お待たせしました」と言って、何事もなかったように歩き出した。

隣に連れ添い足を止めると、カオルが会計を済ませた。最近はレジ袋にもお金が掛かるらしい。カオルはサッカー台で持参した買い物袋に品物を詰め、「さてと、帰りましょうか」と歩き出した。やがて二人は車に乗り込み、一時半すぎに帰宅した。

玄関を開けると、上がり框に座ったマイルスが出迎えていた。家族同様の生活をしているマイルスは、犬小屋と自宅とを自由に行き来している。「本当は節度がなくて駄目なんですがね」マイメイト協会の担当者から何度か注意を受けたが、仕事上でも大事なパートナーという理由から、特別に目をつぶってもらっていた。現に彼は、待合室で客を和ませるという大事な役割を担っている。

「お腹空いたよね。直ぐに取り掛かるから、これでも摘《つま》んでいて」

凛太郎がテーブルに置かれた皿に手をやると枝豆が盛られていた。まな板で野菜を刻む音が聞こえる。「飯は、しばらく後だな」凛太郎はポケットからそっと缶ビールを取り出した。「クーッ!」空きっ腹に冷えたビールが染み渡った。一気に飲みたい気持ちを抑え、枝豆を頬張りながらチビチビと缶を啜っていると、台所からフライパンで炒め物を調理する音が聞こえた。

……そろそろだな。

凛太郎はビールを飲み干し、空き缶をゴミ箱の底にそっと忍ばせた。

やがて騒がしい二時の時報と同時に、ソースの香ばしい匂いをさせ、焼きそばが運ばれてきた。飲酒事故以来、凛太郎の自宅はアラームで溢れている。

「目玉焼きがのった、特製焼きそばの完成です。どうぞ、召し上がれ」

「おっ、待ってました。なんて、美味そうな匂いなんだ」

「ええ、ビールのつまみにピッタリよ」

「えっ? 突然、何を言い出すんだ」と声を上げると、マイルスが凛太郎の側に寄って、クーンと鼻を鳴らした。

「さっき、マイルスがくわえてきたゴミ箱の中に入っていた」と言って、カオルは目の前に何か差し出した。凛太郎が恐る恐る手を近づけると、捨てたはずの空き缶だった。「隠しても無駄。マイルスにはすべてお見通しよ。どうせあの時、もう一缶もらってきたんでしょ？　あのスーパー、メーカーの試供品だけは気前いいからね」と、言い放った。

「ちぇっ、マイルスもグルだったとは。これは、そっちで処分してくれ」凛太郎はもう一本の缶ビールを取り出した。

「子供じゃあるまいし、飲みたかったら飲んでも構わない。だけど、隠れて飲むのだけは止めて。加減がわからなくなって、危険だから」

「……実は、内緒にしていることが」凛太郎は急に恥ずかしくなり、寝室に焼酎のボトルを隠し持っていることを白状した。すると、カオルはケラケラと声を上げて笑い、

「それはお母様にとっくにバレている。中身は水で薄めているはずよ」と明かした。

「どうりで、酔わないわけだ」

「アハハ。ごめんね、凛太郎」またしても、カオルが笑った。「さあ、冷めないうちに食べちゃいましょう」

コップにビールが注がれる音がする。「どうぞ、お昼はこれで我慢してね」と、カ

オルが優しくささやいた。

「いっただきまーす！」凛太郎は両手を合わせ、焼きそばにありついた。

――うまいっ！

コシのある蒸し麺《めん》もさることながら、野菜や豚肉、目玉焼きのコンビネーションが絶妙で、とても片手の不自由な人が作った料理とは思えなかった。ソースの効いた焼きそばを頬張りビールで流し込む。この快感、凛太郎は高校時代にタイムスリップした気分だった。

「サッカーの練習が終わると、みんなで、おトキ婆さんの焼きそばを食った。あの時は挽肉《ひきにく》だったけど、冷えた瓶ビールにピッタリだった」

「瓶ビールだなんて、なんて生意気な高校生でしょ」

「そのビール代を稼ぐため、昼休みは学校を抜け出し、食堂を手伝っていたんだ。本当にいい時代だったよ」

「呆れた。そんなんで、よく卒業できたわね」

凛太郎の昔話は尽きることなく、二人で笑い合いながら、楽しいひと時が過ぎていった。その間マイルスは、つまらなそうにアクビをして、不貞寝《ふてね》を決めていた。

食後、凛太郎はカオルと一緒に食器を洗い、今度は彼女の身の上話に花を咲かせた。一番驚いたのは彼女に双子の妹がいることだった。しかも、オリンピック級の実力を持つマラソンランナーだという。

「妹の蘭《らん》は、いわゆる企業ランナー。実力至上主義の会社のもとで走っても、全然楽しくないって嘆いていた。以前は、贅沢《ぜいたく》言ってんじゃないわよ、って叱ったけど、今は何となく妹の苦悩がわかる気がする。見返りがなくても、楽しく走ったほうが気持ちいいもんね」

走ることが仕事とは、どんな感じなんだろう。凛太郎には全く想像もつかないが、何はともあれ仕事である以上、楽なことは一つもないだろう。素人《しろうと》ランナーが口出しすることは憚《はばか》られるが、四二・一九五キロをどんなタイムで完走するものなのか、話題が変わった。

「女子では、ロンドンマラソンでポーラ・ラドクリフが出した世界記録二時間十五分二十五秒が未だ破られていない。ちなみに、障害の程度でクラスが違うけど、パラでは男子が二時間三〇分、女子は三時間以内が最低条件って言われている。今日の二〇キロが大体二時間だから、倍近くのスピードで走れば十分可能性があるってことね」

カオルの話を聞いて、凛太郎は頭がクラクラしていた。

——倍のペースで走れ？　無理、無理、絶対無理。やっぱり、諦めようかな……。

「今、諦めようと思ったでしょ？　経験ないから無理もないと思うけど、二〇キロ走り切ったってことは、その倍の距離が可能になった証拠だよ。今度、大会で実感すると思うけど、一人で走る時より、選手みんなと一緒の方が驚くほど楽に走れる。スピードも人によっては倍近く出せるって言われている。諦めるなんて、ありえない」

「……やっぱり、出るんだ。その大会に、障害者は俺たちだけなんだろ？　本当に、大丈夫かな」

凛太郎たちは来週に迫った恒例の市民マラソン大会にエントリーしていた。とは言っても、カオルが凛太郎に内緒で勝手に申し込んだのだが。そのことで一問着《ひともんちゃく》あったが、凛太郎が折れることで落ち着いた。彼にとってデビュー戦となるこの大会は、一〇キロ、二〇キロコースの二種目から選択することができる。

——この分だと二〇キロで決まりだな、と凛太郎は諦めていた。

ところが、「まずは一〇キロ、すべてはここから始まる」と意外な提案に喜んだのも束の間、カオルは信じられないことを口走った。「次からは二〇キロ。そして、いよいよフルマラソン。来春、東京があなたを待ってるわ。この先、東京マラソンまで年末のスケジュールはすべて埋まっている」と、カオルが何食わぬ顔で豪語した。

「今度のパラに、ギリギリ間に合うかも」

嬉しそうに話をするカオルとは対照的に、凛太郎の気持ちはスッカリ萎えていた。

そんなことはおかまいなく、カオルは元気ハツラツ張り切っていた。

「今日は目処が立ったお祝いだから、今までの頑張りに免じてワインを開けましょう。

スパゲッティも考えたけど、麺ばかりじゃ飽きるよね。肉料理に合うフランスパンも用意したから、楽しみにしていてね」

カオルは、「煮込みに時間が掛かるビーフシチューが得意料理」と話していた通り、手際よく下ごしらえを始めた。その間、凛太郎はコーヒーミルで豆をすり、モカの芳《ほう》醇《じゅん》な香りを楽しむ余裕もなく、コーヒーサイフォンと格闘していた。いつも手間取るのはアルコールランプに火をつける作業だが、今日は窓を開け放っているせいか風が強く、いつにもましてマッチが上手くすれない。イライラしていると、マイルスが隣の椅子にちょこんとのった。

――おっ、風が止んだ。

すかさずマイルスを盾《たて》に着火した。やがてコーヒーの芳醇な香りがリビングに広がった。

「あらっ、いい香り。冷蔵庫のチーズケーキ、頂いちゃおっと」

それは糖尿病の親父の大好物であり、女房に隠れてこっそりブランデーを飲みながら食べることが唯一の楽しみとは言えず、「俺にも分けてくれ」と凛太郎は父親を裏切った。

カオルがサイフォンのコーヒーをカップに注ぎ、凛太郎に差し出した。ケーキなど滅多に口にしない凛太郎だが、こうしてコーヒーの苦味を噛み締めながら甘味を味わうことも悪くないと感じ、「ウイスキーなら、なお合うだろうな」と妄想しながら、いつものBGMを聴き、優雅なひと時を楽しんだ。

「へえ、相変わらず聴いているんだ」

「最近は、ジャズにハマっている。よかったら聴く？」

一口にジャズといっても様々だが、特にモダンジャズは整体のBGMにピッタリだった。

「ジャズなら私も好きだよ。でも、今は彼の歌声が聴きたい。凛太郎と出逢った頃が思い出せて」

勝気なカオルにしては随分と殊勝《しゅしょう》なことを言うと凛太郎は感じていた。

——女心と秋の空ってやつか？

曲目が彼の愛娘の誕生を祝して書かれた曲に変わったところで、凛太郎はブルースハープを取り出し、演奏を始めた。

盲目の天才、彼のハープは一二穴（四八音）のクロマティックハーモニカ。半音がクリアに出せるため、凛太郎の一〇穴（一〇音）のブルースハープとは微妙にズレがある。それがハーモニーを生み出し、音程さえ外さなければ耳に心地がよい。

「へえー、意外な才能。うっとりしちゃう」

——おいおい、感心しすぎだって。おまけに近すぎる。

カオルのシャンプーの香りが凛太郎の鼻をくすぐった。

「ねえ、凛太郎。私のこと好き?」

「プーッ!」凛太郎は、思いっきり音を外した。

――いきなり、何を言い出すんだ。

と、思いきや、カオルが顔に左手を当て唇が重なった。そして、荒い息づかいの中、遠慮がちに舌が絡みついてきた。凛太郎は堪らず抱き寄せ、ディープキスを試みた。風俗はキスをさせてくれない。凛太郎は、生まれて初めての行為に無我夢中だった。

〝うっ、うっ〟

やがて、カオルが呻き声を上げげた。

――感じているのだろうか? 俺はテクニシャン?

「……ちょっと、ちょっと待って」

「何だよ、そっちから誘っておいて」

凛太郎は、突然自分を突き放したカオルを睨みつけた。

――本当は薄々感じていた。俺のやり方じゃ女を満足させられないってことを。

「あのさ、ここじゃなんだから、凛太郎の寝室に案内してよ」

「えっ、俺でいいのか? 自慢じゃないが素人は初めてなんだ」言葉とは裏腹に、ジーンズのジッパーが痛いほど盛り上がっている。「だが、試してみる価値はあるかもしれない。なにせ俺は座頭市……」

そう言い終わらない内に、またしても唇が塞がれ、抱きつかれた。

「ねぇ、お願い……」

柔らかい唇が首筋を伝う。凛太郎は思わず身震いして、カオルを抱きかかえた。

――あれ？　二階はどっち？

いつもなら迷わないが、不測の事態に方向が定まらない。凛太郎が辺りをキョロキョロすると、マイルスが「ウォン！」と吠えた。


「最後に、触ってもらいたかった。ありがとう、凛太郎」

ベッドに横たわり、カオルの乳房にむしゃぶりつくと妙なことを言われたが、凛太郎に聞き返す余裕はなく、ひたすら行為にふけった。やがて精根尽き果て、凛太郎はベッドに仰向《あおむ》けになった。いつのまにかカオルは、夕食の準備のため一階に下りたようだった。

〝クーン〟とマイルスの鼻声が聞こえ、〝ピー、ピー〟とアラームが五時を知らせた。

――やばい、マイルスのディナータイムをすっかり忘れていた。

凛太郎は慌てて上着をはおった。

その夜、予定より早く帰宅した両親と一緒にビーフシチューに舌鼓を打った。楽しみにしていたワインの乾杯は、市民マラソンの結果次第ということになり、お預けを余儀なくされた。それでも満足だったのは、カオルとの初体験のおかげだろう。

――無知で間抜け、本当のことなど何も知らない俺は、本気でこんな幸せな日々が、永遠に続くと思っていた。

9

いよいよ、市民マラソン大会の当日となった。

普段からショートスリーパーの凛太郎は緊張のあまり、昨夜は二、三時間しか眠っていない。少し身体が重く感じるが、頭はスッキリしていた。

「カオル、最初から飛ばしていこうぜ！」

「ダメダメ、一〇キロといっても、ペース配分を間違ったら完走できない。焦らなくても、今の凛太郎だったら、十分上位を狙えるはずよ」

市民ランナーでごった返す、市役所構内。興奮気味の凛太郎を宥《なだ》めるようにカオルが作戦を伝授した。残念ながら、レースにマイルスは連れていけない。「普段と違う、たったそれだけで、ペースが乱れる可能性がある」と、カオルが力説した。マラソンは体力よりメンタルを競うスポーツ、環境の変化をマイナスではなく、いかに楽しむかが重要だと。

「なるほど……」と頷いてみたが、凛太郎は何も理解していなかった。

「無理に詰め込まなくてもいいから、得意の想像の翼を思いっきり広げて。その方が凛太郎らしい」

カオルのナイスなアドバイスに凛太郎は、「ＯＫ！」と親指を突き出した。

「ええ……市民の皆様におかれましては、お日柄もよく」

まるで、結婚式の祝辞みたいな市長の挨拶を前置きに、やっとスタートの運びとなった。ただでさえ人込みが苦手な凛太郎は、ウロウロと落ち着きがない。

「凛太郎、トイレ大丈夫？　今なら、まだ間に合うよ」

凛太郎はカオルの提案に頷いた。そして二人で係員に理由を話し、役所内の女子トイレを借りることにした。

「ごめんよ、カオル。前ならいざ知らず、後ろは我慢できない」

「ヤダッ！　そんな解説いらないから、早く済ませちゃって」

毎朝恒例の漫談を済ませ、スッキリした凛太郎は、いざ出陣の雄叫びを上げた。

「やったるぞう！」

スタートラインは、三〇〇人程の人々の熱気で蒸し暑かった。

シューズは履きなれた物だったが、ランニングシャツとショートパンツ、キャップにサングラスは父親が新品を奮発した。「せっかくなら、お揃いがいいだろう」と気を利かせ、カオルの分まで購入してくれた。

その様子に、母親は何か言いたそうにしていたが、凛太郎は口を挟まなかった。カオルによれば、「お母様は私の右腕のことを心配して下さっていたのよ」と理解している様子だった。

「違うね、俺は知っている。グラマーな君の魅力に嫉妬《しっと》しているんだ」

精一杯の褒め言葉のつもりが、カオルから何も反応がない。代わりに、いつものようにロープが引っ張られ、競技の始まりを知らせた。

「よーい！」

〝パーン！〟

小学校の運動会さながら頼りない号砲と共に、ランナーたちが一斉に走り出した。

「呼吸、呼吸、1、2、1、2」呼吸を整えるべく、カオルの指示が始まった。

凛太郎はいつも通りカオルに身体をすり寄せ、その声に合わせリズムを刻んだ。

——話に聞いた通り、大勢で走ると、なぜか走りやすい。

凛太郎は無理をすることもなく、滑り出しは上々だった。

やがて、「凛太郎、給水よ！」と、カスミからいきなり紙コップを渡されたが、安定感が掴めず、ほとんど溢れてしまった。その様子に気がついたのか、「慌てなくても大丈夫、またすぐに給水だから」と、カオルの掛け声が有難かった。

再び給水となった。凛太郎は、「落ち着け」と自分に言い聞かせ、今度は練習通り受け取ることができた。それから二〇分経ち、徐々に足取りが重くなった。

「そろそろ急斜面、急がなくてもいいから、姿勢を正して確実に踏み込んで」

走りながら、カオルのアドバイスが聞こえた。どうやら、本日の難関にたどり着いたらしい。凛太郎は胸を張り、腕を大きく振りながら呼吸を整え前進した。それから約一〇分間、かなりきつかったが、どうにか歩かずに急斜面を登りきった。後は下り。上りに比べ楽に思えるが、実は一番気を遣う難所だ。前のめりになりスピードを上げた途端、体重以上の負荷が掛かり、バランスが崩れ膝を痛める。凛太郎はまだ知らない痛みだが、膝痛の回復が簡単でないことは仕事柄熟知していた。バランスに気をつけながら下りをやり過ごすと、次に短いアップダウンが待っていた。コースの起伏は予め頭に入れているつもりだったが、いざ現場を走ると想像以上に激しい。息を切らさないようリズムを刻んだ。

そして、後半になるにつれ、いやらしいことに、緩い坂道が続いた。普段なら気になるはずの沿道の騒音が聞こえない。

——またしても、ランナーズハイ？

今日は、いつもよりハイペースで走っていた。

「もうすぐ、ゴールよ。ラストスパート、合図するからそのつもりで」

疲れを感じる前に嬉しい知らせが告げられた。凛太郎は、羽でも生えたかのように身体を軽く感じていた。

——ついに練習（インターバル）の成果を発揮できる。

「さあ、レッツゴー！　シンクロ意識して！」カオルがラストスパートを宣言した。

「ＯＫ！」

残り二〇〇メートル、予定通り、凛太郎たちは力の限り駆け出した。

「おう、凛太郎！　もうすぐゴールじゃ。頑張れ！」

「カオルさん、正雄です！　頑張って下さい！」

「早瀬さんと高梨さん！　二人共頑張れ！」

師匠と正雄の声援に混ざり、例の大学生、松本の声が耳に届いた。

「うりゃーッ！」凛太郎は悲鳴ともつかない意味不明な雄叫びを上げ、最後の力を振り絞った。

「あっ！　ダメよ、凛太郎！」思わず、カオルが叫んだ。

しかし凜太郎の勢いは止まらない。ロープから右手を離し、一人でまっすぐ、どこまでもまっすぐ、ひたすら両腕を振り、加速度を増した。すると、見えないはずのゴールが薄らと光をおび……カーレースさながらモノトーンのフラッグがはためいている。

――よし！　一気に行くぞ！

凜太郎は両手を掲げ、その中に飛び込んで行った。

「ゴール！」

叫んだつもりだが、最後は記憶にない。目覚めた時は、またしてもベッドの上だった。

「凜太郎、無茶するなよ。カオルさんに迷惑だろ」

正雄の小言が聞こえるが、凜太郎は無視を決め込んだ。身体中あちこち擦り傷だらけだが、直ぐに帰れる状態だった。カオルはと言えば、凜太郎の暴走に呆れたのか、「疲れました」と言って、先に帰ったとのことだった。

「軽い脳震盪《のうしんとう》ですね。ゴールの際、つまずいて転び、軽く頭を打ったそうですね。熟睡しているのは、疲れか寝不足が原因でしょう。特に大きな外傷も見られないので、何も心配はありませんよ」

市役所の駐車場内に設けられた救急室で、担当医師は付き添った凛太郎の父親に病状を説明した。凛太郎本人は熟睡していてわからなかったが、カオルを追い抜きゴールに倒れ込んだ時は、大会始まって以来の騒ぎだったらしい。

やがて、ブラインドランナーがガイドランナーを猛スピードで追い越した様子は、報道陣の格好の話題となり、凛太郎は図らずもチョッとした有名人になっていた。

一方、カオルも障害者では初のガイドランナーとして、世間の注目を浴びた。市役所の図書館員ということもあって市の広報の表紙を飾り、その容姿は美しすぎる悲劇のニューヒロイン、シンデレラとして話題に上り、彼女目当てのにわか読書家が後を断たなかった。

「一〇キロを一時間以内で走る目標は、とりあえず達成できた。次は二〇キロを二時間以内で走りきる。凛太郎、気を抜かず頑張ろうね」

話題のカップルとなっても、凛太郎たちの生活は何ら変わることはなかった。毎朝夕の練習は欠かさず、カオルは歩幅の狭い「ピッチ走法」より、サッカーで鍛えた筋力を活かす「ストライド走法」を凛太郎に伝授した。

更に、カオルからの指令で、昼食時に市役所内の体育館で落ち合い、トレーニングルームでスクワットなどの下半身強化の筋トレに励んだ。最初は陸上と筋トレが全然結びつかなかった凛太郎だったが、ほんの二〇分足らずのトレーニングにも拘らず、二週間も経つと成果は現れた。何よりスピードがアップし、気がついた時には持久力が異常についていた。食生活も見直し、プロテインが加わった。結果、凜太郎の身体は体脂肪七パーセント弱というアスリート体型そのものになり、自分史上、最強の肉体を手に入れていた。

「今は走ることが楽しくて仕方がない。少しでも暇があったら、練習がしたい」

「わかった。レース通り、リードは右手に持って、気をつけて走ってね」

その日を境に凜太郎は、日常でもマイルスのハーネスを右手に携えるようになり、練習時はリードを取り付け、彼をガイドランナーに走り出した。そして、日中沿道を走っていると、少しは顔が売れたせいか、〝頑張れ、早瀬！〟と、声援があちらこちらから聞こえるようになっていた。

そんな日々の中、凜太郎はいくつか大会に出場し、二〇キロは卒業した。

初めてのフルマラソンは、地元主催の湖畔《こはん》でのレースだった。肌寒い秋雨の中、一周二〇キロの湖畔を走りきり、メインコースの沿道に出る。そして、再び湖畔に戻り一周。

晴れていれば景色も楽しめただろうが、生憎の雨模様。絶景が観られず残念がる観光気分のランナーたちを追い越し、凜太郎は、ひたすらタイムだけを気にして、走りに集中した。三時間四十五分。決して褒められたタイムではなかったが、初めてにしては上出来だと、カオルは手放しで喜んだ。

その頃からだろうか、彼女の様子が変わってきたのは……。

『来週の月曜日から、泊まりがけの人間ドックがあります。少しの間、トレーニングはマイルスと一緒にお願いします。カオル』

……電話で済む事柄をわざわざメールで伝えた時点で、気がつくべきだった。

……月曜からいつまでと、明確に伝えなかったことに不信感を抱くべきだった。

……三日経っても現れない時点で、連絡をすべきだった。

……何より、施術していた際、彼女の身体がやせ細ってきたことに疑問を持つべきだった。

しかし、最強の肉体を得た凛太郎は走るだけで満足し、思考回路まで筋肉のように固く、些細なことには一切気が回らなくなっていた。


その日は朝から雨で、さすがの凛太郎も外出するのに躊躇していた。

「……早瀬さん？　早瀬凛太郎さんですよね。大変、お世話になっております」と玄関口で挨拶され、凛太郎は聞き慣れた声に、思わずハッとした。

――カオル、今更、何をかしこまっているんだ？

しかし、声の主はそのトーンを変えようとはしないで、凛太郎の隣に腰を下ろした。

「実は姉のことで、少しお話をしたいのですが、よろしいですか？」

「姉さん？　ということは、貴女は妹の蘭さん？　てっきり、カオルだと思ったよ」

一卵性双生児の二人の声はそっくりで、凛太郎を惑わせた。

――それにしても、こんな朝早くに一体何の用事だろう？

凛太郎はこの時点で、カオルの身に何が起こったのか一切気にもせず、何の疑問も持っていなかった。だから、蘭がわざわざ会いに来ても、驚くほど冷静で落ち着き払っていた。

「姉からことづけを頼まれました。聞いてもらえますか？」

「ことづけ？　なんのことだろう。随分、大袈裟なんだね」

初対面にもかかわらず、走れない苛立《いらだ》ちから、つい棘《とげ》のある言い方になってしまった。

しかし、凛太郎の減らず口も、そこまでだった。

「その前に、姉の病気の話を先にさせて下さい」

そう言われた時点で悟るべきだった。

「姉は乳ガンを患っています」

「乳ガン？　そんなはずはない。この間だって、一緒に走ったじゃないか！」

――馬鹿なことを言うな！　いくら妹でも許さないぞ！

そう叫んだつもりだが、ほとんど声にならなかった。

「主治医からは、右乳房を切除すれば助かると言われていたのですが、本人が急に拒絶を示しまして……。無理なマラソンも引き金になったようで、今は病院で静養しています」

凛太郎は何も言い返せなかった。いや、何か喚《わめ》いたつもりだが、言葉にならなかった。

「ここからは伝言です。――私の代わりは、妹の蘭に託しました。今までみたいに毎日の練習は無理だけど、マイルスがいるから大丈夫。あなたは、きっと近いうちに三時間を切ることができるでしょう。どうか、私の分も頑張ってパラリンピックに出場して下さい。そして、三位以内に入って……、……にメダルを掛けて……やって頂戴」

蘭が声を詰まらせ、最後の方はよく聞き取れなかったが、言いたいことはよくわかった。要は、自分の代わりに妹とパラに出て、メダルを妹に掛けて欲しいと。

――そんな、そんな陳腐《ちんぷ》な話があるか……。俺は、俺はお前と同じ夢が見たいだけなんだ。パラリンピック？　そんなものに興味はない。マラソン？　何だったら今すぐ止めてやる。そんなことよりカオル、お前のことが心配だ。顔が同じだからって誰もお前の代わりは務まらない。まさか、お別れだなんて言い出すんじゃないだろうな。

何が、「触ってくれてありがとう」だ。春になったら一緒に東京に行くんだろ？　走れなかったら、見ていてくれるだけでいい。俺にはマイルスがいる。ああ、頭が回らない。何がランナーズハイだ。いわば、ただのマラソン馬鹿じゃないか。俺にはカオル、お前が必要なだけなんだ！

「凜太郎さん、大丈夫ですか？　さっきから上の空みたいですけど」

「えっ？　俺なんか、変なこと言いました？」

「いえ、でも顔色が少し……ご気分でも悪いんですか？」

と訊かれ、凜太郎は顔色さえ確かめる術のない自分を呪った。

——どうして俺ばかり、こんな目に遭うのだろう、やっと光が見えてきたのに……。

「冗談ですよね、貴女が伴走なんて。オリンピックに出るんでしょ？」

「実はこの春、怪我をしてしまいまして、代表は難しくなりました」

「そのことをカオルさんは？」

「もちろん、知っています。前々からあなたの伴走を頼まれていたのですが、中々、踏ん切りがつかなくて……。姉の容体が悪化したのは、全部私のせいです。私にオリンピックを目指す資格はありません」

パチン！　と音を立て、凜太郎の中で何かが弾けた。

「蘭さん、貴女は何も悪くない。罰を受けるのは、俺一人で沢山だ」

そう言いながら、凛太郎は蘭の両肩を掴んだ。

「えっ？　何を言い出すんですか」

「もう走るのは止めた。障害者らしく、大人しくしているよ」凛太郎の声が震えた。

「だから、蘭さん、同情するのはそれくらいにして、自分の目標に専念してくれ」

「同情だなんて、私はそんなつもりで来たわけじゃありません」

「だったら、慰め合おうか？　負け組同士」

凛太郎の腕を振り払い、泣きべそをかいた蘭の気配が遠ざかる。

――もう二度とここには近づかないだろう。カオル、俺は……俺は、とんでもない腰抜けの馬鹿野郎だ。怪我を負った蘭が一番辛いはずなのに、そんな彼女の厚意を泥足で踏みにじるなんて……。

それからというもの凛太郎は、仕事を放り出し、カーテンを閉め切ったまま再び引きこもり生活を始めた。

10

人間、堕落《だらく》するのに時間は要らぬ。凛太郎の転落は見事にあっという間だった。

その頃『ブルー・アイ』は自宅を増築して、車が二台ほど停められるスペースの小部屋で運営していた。資金は父親が保証人になり、信用金庫からリフォーム資金として十年ローンで借り入れした。しかし今は開店休業状態、売り上げはなく返済は滞ったままだった。結果、信金の融資担当者からは督促《とくそく》の電話が鳴りやまなかった。凛太郎は当初、知らぬふりを決め込んでいたが、その執拗さに頭にきて電話線をブチ切り、携帯電話は真っ二つにへし折った。そして朝から酒浸りで、マイルスの散歩さえ親任せだった。

「そんなに飲んだら、身体に毒だよ。少し控えなさい」

「うっせぇー！　ババア！」

「母さんに何て口をきくんだ！　いい加減にしなさい！」

「何だと、ジジイ！　木っ端《こっぱ》役人が、偉そうなことをぬかすな！」

夕食時、本気で掴み掛ってきた父親を初めて殴った時、涙が止まらなかった。拳《こぶし》は父親の顔の他、テーブルや椅子、柱や壁を辺りかまわず殴り、腫《は》れ上がったが、それは大した痛みではない。父親が余りにも弱かった。そのことが却って凛太郎をへこませた。

「殴って気が済むなら、お母さんを殴りなさい！　あなたを産んだ、私が一番罪深いのですから」

「けっ、つき合ってらんねぇ。勝手にどうぞ」

気まずくなると、捨て台詞《ぜりふ》を吐いて逃げ出す。凛太郎の常套《じょうとう》手段だった。

そんな閑古鳥《かんこどり》が鳴き、酒瓶が転がっている施術室に人が訪れたのは、実に久しぶりのことだった。

「随分、いい匂いをさせている。凛太郎、障害年金を飲み干すつもりか？　僕は人の生き方にとやかく口出しをするのは好きじゃない。よって、お前がどんなに落ちぶれても、責めたりしない。ただ、師匠から頼まれて、仕方なく来てやった」と最初に正雄が前置きをした。「大体、お前が晴眼者と対等につき合えるわけがないだろ」

――相変わらず能書きだけは一丁前の口を利く。マイルスが佐助とじゃれあってさえいなければ容赦しない場面だが、本当に運のいい野郎だ。

凛太郎は既のところで、振り上げた拳を下ろした。

「余計なお世話だ。お前と違って、俺は誰ともつき合ってはいない」

「まあ、そうすねるな。僕が言いたいのは、僕らは普通のやり方じゃ、女性とはつき合うことは難しい、という意味なんだ」

とどのつまり、正雄は凛太郎を合コンに誘いに来たのだった。合コンは体質的に受けつけない凛太郎だったが、いい加減一人で飲むことも飽きていた。

――まったく、回りくどいことしやがって……。

凛太郎は素人の女性に興味はなかったが、暇つぶしに参加することにした。

「今日の相手は公務員の女性。お堅い仮面をどうやって脱がすかがポイントだ。お前はマラソンの話題があるから有利かも」

「そんなのとっくに止めたよ。俺は酒浸りのダメ人間に成り下がった。同情するなら、酒をくれって奴だ」

凛太郎たち二人と二匹は合コン会場のゴングを目指した。凛太郎との久しぶりの同行に、マイルスの鼻息もいつになく荒かった。

「おう、来たな凛太郎。すっかり、酒浸りになりやがって」

店に到着するや否や、師匠の元気な声が聞こえた。

――俺のことを気遣ってくれているのだろうか？

凛太郎は情けなくて合わせる顔などなかったが、心のどこかで師匠に逢いたい気持ちがあったことは確かだった。

「師匠、お久しぶりです。色々ご心配掛けて、すみません」

「心配？　一体なんのことじゃ、わしゃ知らん。そんなことより――」と自分の隣に座らせ、酒を勧める師匠が凛太郎には有難かった。

程なくして、正雄の仕切りで自己紹介が始まった。

「桜井一枝《かずえ》、担当部署は教育委員会です。元々教師ですが、今年の春、何故か転属になりました。今夜は、どうぞよろしくお願いします」

「教育委員会ということは出世コース。数年後には教頭先生になって、いずれは校長先生に……。その若さで、大したものじゃ」

凛太郎は隣の教師を声の調子からして二〇代後半と踏んだ。師匠の言うとおりだとすれば、早い出世に違いなかった。

「そんなことはないです。私の同級生に今話題のシンデレラがいますが、彼女の努力に比べたら、私なんか足元にも及びません」

――シンデレラ？　俺の記憶が確かなら、話題のシンデレラは一人しか浮かばない。そう言えば、カオルの歳は俺より二歳年上……。

「彼女のブログ『いとしのランナー』、ご存じないですか？」

「ブログじゃと？　生憎、そっち系はからっきしでのう……。凛太郎、お前なら少しは明るいはずじゃ。話を聞いておくれ」

「えっ、あなたが凛太郎さんですか？　お目にかかれて光栄です。カオルのブログを読んでから、一度お会いしたいと思っていました。あなたの頑張りに何度励まされたことでしょう」と言われても、凛太郎はピンとこなかったが、「是非、聞かせたいものがある」と桜井一枝がスマートフォンを取り出し、再生スイッチを押した。

すると、市の第三セクターが運営するコミュニティFMの女性アナウンサーの声が聞こえてきた。

——本日は〈特集、輝く女性職員〉に賛同していただき、ありがとうございます。早速ですが高梨さん、パラリンピックを目指していたあなたが伴走者を目指すことになったいきさつを聞かせてもらえませんか。

『実は、私の尊敬する視覚障害の男性が突然走りたいと言い出しまして……。初めは、私が駆り立てた節があったのですが、そのことが原因で交通事故に遭っちゃたんです。その時、マイメイトのマイルスが彼をかばって道路に飛び込んだのですが、間一髪、急ブレーキに救われました。そんなこともあったものですから、彼から愛犬と走れるコースを教えて欲しいと頼まれた時は驚きました。本当に勇気のある人だなあって。その時、ピンときたんです。この人なら、私の代わりに選手としてパラに出場できるんじゃないかなって……』

——それだけでは、あなたがパラリンピックを諦める理由にはならないと思いますが、よかったら詳しく教えて頂けませんか。

『このインタビューは一般公開されるのですか？』

——あなたの許可なしには絶対流しません。どうぞ、ご安心を。

『ありがとうございます。では、お話しします』と前置きをして、カオルは話し始めた。

『実はこの春、人間ドックで乳ガンが発見されまして、ドクターストップをかけられました。その時点でランナーとしての道は閉ざされたわけですが、どうしても諦めきれずにいました。そんな時、何気なくネットを眺めていたらガイドランナーという言葉に目が止まりました。日本盲人マラソン協会の情報によれば、全国の視覚障害ランナー一〇〇〇人に比べ伴走者の数が三分の一と圧倒的に少ないことがパラリンピックに向けた課題になっている、とのことでした。私は、これはチャンスかもしれない、と居てもたってもいられませんでした。なぜなら、彼に恩返しができるかも知れないと思ったものですから』

――なるほど……。その男性のために、伴走者となる決心をしたのですね。

『少し違います。いずれ私はガンの治療に専念するため、途中で練習を中断しなければなりません。そんな状況で彼を巻き込むことはできませんでした。でも、運命のいたずらか、オリンピックを目指していた妹が怪我をしてしまいまして、代表から外されました。マラソンは息の長いスポーツです。三〇歳をすぎてからもオリンピックは十分狙えます。妹に、今回は頭を切り替え手伝ってくれないか、と相談したところ、悩んでいるようでしたが、前向きに考える、と言ってくれました。それ以来、私は彼専属のブラインドランナーとなり、再び希望を持って走り出しました。――救われたのは、私の方なのです』

このインタビューは本人たっての希望から、結局一般公開されることはなかったが、たまたまそのインタビュアーが友人で、コピーさせてもらったと、一枝が打ち明け話をした。

「私、カオルとは幼稚園から高校まで一緒なんです。彼女が高二の春休み、事故で利き腕を失った当時、姉妹でインターハイを目指していた矢先でしたから、そりゃもう校内はたいへんな騒ぎでした」

妹の蘭はもちろんのこと、カオルも勝るとも劣らない実力の持ち主だった。しかし手術後、カオルは長期入院のため、休学を余儀なくされた。やがて辛いリハビリを乗り越え、同期生より一年遅れで高校を卒業し、市の職員として図書館に勤務したのだった。

一方、蘭は順調に大学に進学し、プロランナーとして社会人チームに駒を進めた。

「成人式の時、彼女の姿が見えないので市役所職員の友人に近況を訊ねたんです。そうしたら、彼女は仕事以外一切外に出てこない、まるで引きこもり状態だ、なんていうじゃありませんか。私、慌てて自宅に逢いに行ったんです。だけど、部屋から出てこなくて……。やっぱり、腕のことを気にしているんだなって寂しくなりました」

――あのカオルが引きこもり?

凛太郎は意外な事実に言葉を失った。

「でも四年後、私が転勤で地元の小学校に配属になった頃、彼女がパラリンピックを目指し、また走り始めたと風の便りで聞いた時は、心から嬉しかったです。それで、つい好奇心から図書館に押しかけたら、彼女は昔と変わらない笑顔で迎えてくれました。

そこで、単刀直入に訊いたんです。どうやって、引きこもりを克服したのかを……。私たち教師にも、深刻な問題ですからね。すると彼女は、『ある視覚障害者の男性と接するうちに、自分も頑張らなくてはと勇気づけられた』というじゃありませんか。私、感動しちゃって……」

——知らなかった……。俺みたいなどうしようもない馬鹿でも、誰かの励みになっていたことを。あの時、カオルが目に見えぬ痛みに耐え、それを全力で乗り切ってきたことを。

「先生、いい話を聞かせてくれた、感謝感激雨あられじゃ。のう凛太郎、少しはためになったか?」

そう言って師匠は洟を啜った。凛太郎はといえば、何も言葉にできず、おしぼりで目を覆った。

——この涙はカオル以外の誰にも見せたくない……。

「凛太郎さん、カオルのお見舞いに行ってもらえませんか? 彼女、この頃、塞ぎがちで……。あなたの顔を見たら、きっと元気になると思うんです。忙しいとは思いますが、どうかお願い致します」

そう言われ、凛太郎はこの合コンが仕組まれたものであることにやっと気がついた。

――こんな時、視覚障害者は余計なものが見えなくて都合がいい。師匠、正雄、おかげで俺はまだやれる気がしてきた。まずは、蘭にお詫びの電話を入れなくては……。

「凛太郎さん、私からも、是非お願いします」

――ん？　隣に座ったこの香り、そしてその声。

「蘭さん？　いらしてたんですか……」

「お久しぶりです。どうか、姉を喜ばせてやって下さい」

「僕に感謝しな」と、すかさず正雄が口を挟んだ。「本日のメインゲストさ。無理言って来てもらったんだ。凛太郎、蘭さんに言いたいことがあるんだろ？　下手な言い訳すんなよ」

――正雄……ありがとう。

凛太郎はスックと立ち上がり、そのまま床に正座した。

「蘭さん、この間は本当にすみませんでした。俺、もう一度走りたくなりました。どうか、手伝ってもらえませんか、お願いします」凛太郎は両手をついて深々と頭を下げた。

「凛太郎さん、土下座なんてやめて下さい……」

震える蘭の声が遠くに聞こえる。だが、やめるわけにはいかない。

——今の俺には、これくらいしか誠意を表す術はないのだから……。


「凛太郎さん、ペースはどうでした？　速すぎませんでしたか？」

今日は蘭と初めてのランニング。凛太郎は、軽く一〇キロを流していた。

「バッチリだよ。さすが姉妹、息遣いもソックリだった」

「そんな細かいこと、よく気がつきますね」

——そんなことに感心しているあたりは、コーチとしてはまだまだかなあ。

「では、もう一本走りましょうか。休憩はその後にしましょう」

——訂正しなければ。彼女は障害者相手だからといって、決して容赦をしたりはしない。

凛太郎はこの後、嫌というほどスパルタ教育を受けることをまだ知らずにいた。

やっと朝練が終わり、土手にマイルスと伸びていると、蘭が隣に座り、水の入ったボトルを差し出した。

「凛太郎さん、お見舞い、いつもありがとうございます」蘭は頭をペコリと下げた。

「姉さん、おかげさまですっかり元気になりました」

「それはよかった」と頷き、凛太郎は照れ臭そうに頭を掻いた。「意地を張らず、早く行けばよかった。本当に馬鹿だね、俺は」

最近は三日と空けず、病院に顔を出している。いつ、その時が来ても後悔しないように……。

あの合コンから三日後。禁酒を誓った凛太郎は、身体から酒が抜け切った頃合いを見計り、カオルの入院している中島総合病院に出向いた。

――振り返れば四年前、俺もこの病院から再スタートした。そして、他人には知られていない忌まわしいあの過去……。

凛太郎は短期間の間に、一度ならず二度も救急車の世話になり、院長先生に迷惑をかけていた。懐かしくもあり恥ずかしい、そしてどこか切ない思いにかられながら、師匠に連れられ病室を目指していた。彼女に会うのは実に三ヶ月振り、季節は移り、冬がすぐそこまで忍び寄っていた。

程なく病室に入った凛太郎は、いざ彼女を目の前にすると、喉がつかえロクに声が出せなかった。

「わざわざありがとう、凛太郎。蘭はプロだから、三ヶ月のブランクなんかすぐに取り戻せる。大船に乗った気持ちで、任せたらいいよ」

見た目がわからないため、安易に判断できないが、声の調子は普段と何ら変わらない様子だった。

――こんなに元気なのにガンなのだろうか？

凛太郎は未だに現実を受け止められず、疑問符だけが頭に浮かんでいた。

「最近、身体の調子がよくて、先生を驚かせているの。このまま治っちゃったりして。そうなったら凛太郎、私と蘭、どっちを選ぶ？」

――人をからかうくらい元気じゃないか。そんな君が東京には行けないと弱気なことを口にする。ブログ『いとしのランナー』、あれって俺たちのこと？　照れくさくて最後まで読んでいられなかった。あんなにリアルに書かなくても……。まっ、いいけどさ。

「そう言えば、今度中学校で講演だって。すごいね、ビックリしちゃった。私も病院抜け出して、観に行きたいな」

「母校なんて、勘弁してもらいたいって断ったけどね。結局、桜井さんに押し切られてしまった。演題はマラソンについてと頼まれたけど、当然、君のことを話さなければ始まらない。構わないだろ？」

「じゃあ、事前に原稿を見せてね。女優のくだりなんか話したら、承知しないから」

――実はその場面は外せないツボどころ。それに、生憎俺に原稿は意味がない。

「凛太郎、また来てね。私、絶対元気になるから」

——そんなに元気じゃないか……。

「そうなったら、また一緒に走ってくれる?」

——当たり前じゃないか、俺の伴走者はお前しかいない。

「先ずは一〇キロ、一時間切れるように、しっかり練習してね」

——これじゃ、どっちが励まされているのかわからない。さすが、俺のコーチはエッジが効いている。

「そろそろ時間じゃ。カオルちゃん、元気でな」

——もう、そんな時間か……。

「師匠、お忙しいところ連れてきてくださって、本当にありがとうございました。凛太郎のこと、よろしくお願いします」

「いいのう、若い者は。凛太郎、お前がうらやましいぞ」

——そう言われても、今の俺には何も応《こた》えることができない。

結局、照れ隠しに、伸ばし放題の金髪頭を掻くのが精一杯だった。

やがて、凛太郎は師匠に手を引かれ、病室を後にした。病院の出入り口の自動ドアを出て、駐輪場のポールにリードを括りつけたマイルスの側に寄って行った。

「マイルス、待たせたな」

「ウォン」

マイルスにも病院のマナーはわかるのだろう、普段より控えめな声を上げた。

「凛太郎、後ろにマイルスと一緒に乗り込め」

タクシーの助手席に乗った師匠が声をかけてきた。

——どうする？　マイルス。俺は久しぶりに走りたい気分だ。

〝ウォン〟と声を上げ、マイルスが尻尾を振った。

——わかった、わかった。同じ気分なんだろ。

「師匠、俺たち走って帰ります。今日は付き添い、ありがとうございました」

「ああ、気をつけて帰りな」

やがて、タクシーが走り去って行った。

「さあ、いくぞ！　マイルス！　とりあえず、一〇キロだ」

「ウォン！」

——肝心なことは何も言えなかった。

凛太郎は、そのまま病室を後にしたことを今更後悔しながら、ハーネスに取り付けたリードを右手に持った。

——カオル、お前じゃなきゃ駄目なんだ。お前だから走ることができたんだ。なんでこんな簡単なことが言えなかったのか……。

「ウォン！　ウォン！」

「わかったよ、マイルス。走りに集中しなくちゃ怪我をするだろ」

――明日、また来よう。そうしたら、今度こそ思いの丈《たけ》を伝える。アイツが涙で顔をグシャグシャにするくらい泣かせてやる。その前に、今日は俺に泣かせてくれ。久しぶりのランニングに足が震えるが構いはしない。ガンと闘っているカオルの辛さと比べりゃ、屁《へ》でもない。

「ああ、冷たい風が顔に当たって気持ちがいい」

――このまま、前だけ向いて進もう。どこまで行けるかわからないが、とにかく進もう。

「マイルス、レッツゴー！」

11

それから数日後、母校での講演会の日となった。

凛太郎を校長室で待ち構えていたのは、当時の担任の先生だった。どうやら、校長まで登りつめたらしい。散髪屋に寄って、髪を黒く染めてきて正解だった……。

「早瀬は、当時から見込みがあると思っていました。中三の時もリーダー的存在で

――」

市の教育委員会の職員の前で、嘘八百を並べる姿は相変わらず。凜太郎は中三の時、素行が悪すぎると、帰りの掃除当番さえ免除になったしょうもない生徒だった。

――先生、それはアナタが一番知っている事実だろ。なんの役割も与えなかったのは、アナタなんだから。

「先生、その節はお世話になりました。こんな形で再会できるなんて、光栄の極みです」

「早瀬、先生も嬉しいぞ」と抱きついてくるあたりは、「先生お主も役者やのう」と言いたいところを凜太郎は飲み込んだ。

――先生、俺も少しは大人になっただろ。

「そろそろ、時間です」

女性職員の合図で体育館に移動し、いよいよ本番となった。

「早瀬くんは障害者ではありますが、パラリンピックを目指す――」

校長先生の長すぎる紹介に凜太郎がウトウトし始めると、すかさずマイルスが擦り寄った。

――まったく、どんな場面でも、頼りがいのある奴だ。

「――それでは、早瀬さん、お願いします」

司会の教頭がその時を知らせた。凛太郎は練習時のようにペットボトルの入ったウエストポーチを身に着け、マイルスと壇上に向かった。こんな時、本来なら緊張する場面だろうが、生憎彼にはその対象さえ見えない。マイクを確認して頭を下げると、静まり返った体育館に、突然拍手が鳴り響いた。

「十一期生の早瀬です。本日はお招き頂き、ありがとうございます。ほんの短い間ですが、よろしく、お付き合いの程をお願い致します」

前もって考えていたわけでもなかったが、あれほど忌み嫌っていた大人の前フリが口をついて出たことに呆れながら、凛太郎は話し始めた。

「マラソンの話の前に皆さんに伝えなければならないお話があります。それは、私が失明した原因とマラソンに出合うまでのいきさつです。リアルすぎて、市制二〇周年のイベントには相応しくないかもしれません。その時はどうぞ、退席して頂いても構いません。幸い、私には何も見えませんから」

辺りが若干ざわついた。まだまだ、本番はこれからなのに……。

「まず初めに、私が光を失ったのは、自業自得からです。二〇歳の時、高校時代の部活仲間と居酒屋で飲んだ帰り、父親の車でガードレールに突っ込み、ハンドルに顔面が激突して、その拍子に両目の眼球が破裂しました。救急車で搬送され、病院のベッドで目を覚ました時は包帯に覆われ、何も見ることはできませんでしたが、ほんのり明かりは感じることができました。それから間もなく、眼球の摘出手術を受け、本格的に光を失いました。

皆さん、両目をつぶってみて下さい。何が見えますか？　恐らく、蛍光灯《けいこうとう》の明かりを感じることができるでしょう。では、手のひらで両目を強く塞いで下さい。そうです、今度は、光さえ感じないでしょう。それが、現在の私です。

では、目を開けて下さい。話を元に戻しましょう。

退院すると、見舞いの客もなく、私は次第に家に引きこもるようになりました。そして耳鳴りに悩まされるようになり、『視力の次は聴力まで……』と人生に絶望し、毎日死ぬことばかり考えていました。すると母親は、家中の刃物、紐、電気コードなどの家財道具一切を、私の手の届かぬ場所に仕舞ってしまったのです。何をするにも道具がなければ万事休す。途方に暮れた私は溺死することを思いつきました。

しかし、桶《おけ》に水を汲んで何度か試みても中々難しい。ある日、私は入浴するフリをして湯船に浸かり、アルコール度数の高いウォッカの小瓶を飲み干しました。程なく酔いが回り、湯船に仰向けになって潜り、息を止めじっとその時を待ちました。しかし、現実は甘くはなかった。鼻や口に湯が入り、息が苦しくなり、堪らず飛び上がりました。その拍子に足を滑らせ、後頭部を思いっきりバスタブにぶつけてしまったのです。そしてそのまま気を失い、湯船に沈んでしまいました。――奈落の底に落ちていく。まさにそんな感じでした。やがて朦朧とする中、気がついた時はまたしても病院のベッドの上、古巣に逆戻りしていたのです」

この時、異変に気がついた母親が風呂場に駆け込み、凛太郎は九死に一生を得ていた。その後、救急車で中島総合病院に、自身二回目となる緊急搬送を余儀なくされたのだった。

「放心状態の中、処置室で治療を施されていると、警察官三人が顔を出しました。その中の一人から質問を受け、自殺未遂と断定されたのち、決まりなのか精神科で診てもらうよう促されました。自分は気乗りしなかったのですが、母親に泣きつかれ、渋々移動しました。すると精神科の医師から、『今日はもう遅いから泊まっていきなさい』と言われ、隔離された個室を用意されました。そこで、生まれて始めて睡眠薬を経験しました。その頃、私は不眠症と耳鳴りに悩まされていたものですから、久しぶりに熟睡した翌朝は爽快そのものでした。そして医師から、『自殺企画再発予防のため』と説明され、提出された書類に同意のサインをして、その日から入院することになったのです。この種の病棟は保証人の許可なしでは退院できません。この時の保証人は父親でしたが、その後約三ヶ月間、私は監視カメラの下で入院生活を送りました。その時ショックを受けたのは、入院のため母親が用意した衣類などから、紐などがすべて取り除かれていたことです。理由は明白、自殺の道具になりうる、ということでした。『ああ、再発予防とはこのことか……』と、私は紐なしのパーカーをはおり、自分の仕出かしたことの重大さを思い知らされました」

ここまで話をすると、ざわつきが本格的になった。凛太郎は、壇上に人が慌てて駆け上がる気配を感じた。

「早瀬さん、テーマが脱線しているようですが……。市長や教育委員長もお見えになっています。ここは一つ——」

「何か、問題でも？　私は、真実を話しているだけですが」

凛太郎は、教頭の耳打ちに素っ気なく答えた。

——まったく、お似合いのコンビだ。俺は、いつでも止める準備はできている。

「一般の方々向けの話ではなく、生徒のためにお話をして頂きたいのです。生徒たち全員、あなたのお話を今日まで楽しみにしていました」

「生徒が楽しみに？」凛太郎は思わず、言葉を飲み込んだ。「俺の話を……」

——俺はもう、天邪鬼《あまのじゃく》な昔の俺ではない。

凛太郎は路線を変更することにした。

——ただ、これだけは伝えなければ……。

「長々と下らない話、すみませんでした。ここで入院当時の詳細は語りませんが、一つだけ言えることは、〝睡眠薬などの向精神薬の類は、副作用のことをよく理解した上で、慎重に服用して欲しい〟ということです。私は薬を止めることに、一年以上もの歳月を費やしてしまいました。断薬の苦しさは、想像を絶します」

凛太郎にとって、失明してから一番辛かったのは睡眠だった。眠れない夜をいくつやり過ごしたことだろう。人は睡眠不足に陥ると、自信を失くし、なぜか死にたがる。そして薬に頼り、いつの間にか薬物依存に……。今思い出しても、背筋が寒くなった。

「薬に頼りきった生活とサヨナラできたのは、相棒のマイルスとの出逢いでした。共に四週間の歩行指導合宿を経て、二歳のマイルスがマイメイトとして我が家の一員となってから、私の生活は一八〇度変わりました。毎日、朝夕の散歩に出掛けるようになり、徐々に世間と関わりを持つようになったのです。そこで出逢った人物こそマラソンのコーチ、今話題のシンデレラ、高梨カオルさんです。しかし彼女と走り出すまでは、二年の月日を要します。整体師を目指して一年余の修業後、自宅をリフォームしてどうにか開業してはみたものの、鳴かず飛ばずの期間がしばらく続きました。そして、やっとスポーツ整体師として飯を食えるようになったのがつい最近です。その時も、彼女のアドバイスが大いに役に立ったのですが、そのエピソードは企業秘密なのでここでは控えさせてもらいます。どうしてもお知りになりたい方は、是非来店し、体験してみて下さい」

宣伝を終えたところで、凛太郎はいよいよ本題に入った。

「さて、店も軌道に乗り、彼女からマラソンの誘いを受けました。その頃、彼女がパラリンピックを目指していることは知っていましたから、『気をつかって誘っているんだな』と、同情されていることに余りいい気分はしませんでした。それから程なく、私の不注意からチョッとした交通事故に遭いました。今でも運転手の方には申し訳なく思っていますが、それがきっかけで、彼女とマラソンを始めることができました。そのいきさつについては、彼女のブログ『いとしのランナー』に詳しく書かれていいます。興味のある方は是非ご覧になって下さい。今回、私が皆様にご紹介したいことは、練習での彼女の献身についてです。……すみません。少し、お待ち下さい」

そう言って、凛太郎はウエストポーチからペットボトルを抜き取り、演台に置いた。

「マラソンの練習でもっとも重要なのは水分補給です。私は練習を開始した当初、このように右手を使い、水分補給をしておりました。しかし彼女は、唯一自由になる右手でロープを握っているため、ペットボトルを持つことができません。そのことについて訊ねてみました。けれど彼女は、『そんなことを気にするくらいなら、もっとタイムをあげなさい』と言って、取り合いませんでした。私が真実を知ったのはつい最近です。闘病中の彼女に代わり、コーチを買って出てくれたプロランナーの妹さんから教えてもらいました。なんと彼女は、私が利き腕である右手を思いっきり振り、ランナーとして走るためのバランスを取れるようになるまで、自分は水分補給をしないで伴走に徹していたということでした。

皆さん、想像してみて下さい。三〇度を超える炎天下のアスファルト、その上を一切水分補給しないで伴走するということを。それでなくても、彼女は乳ガンを患っています。私は、とんでもない負担を彼女に掛けてしまっていたのです。妹さんが心配して、『せめて義手を使い、ロープを左手に持ち替え、右手はボトルが取れるようにしたら?』と提案したらしいのですが、彼女は、『彼は、まだその段階じゃない。第一、そのせいでタイムに支障が出るといけないでしょ』と言って、取りつく島がなかったそうです。

それから、これも妹さんから聞いた話ですが、『私の使命は、凛太郎に思いっきり走ってもらうこと。そのためには、彼が抱えている恐怖と不安を取り除き、冷静に誘導しなくてはならない』と言って、彼女は練習前、必ずコースを見て回り、事前に障害物を取り除くなどのチェックを怠らなかったそうです。おかげで私は、走り始めた当初から石ころなどにつまずくような怪我をせず、走ることに専念できたのです。

そんな彼女らに、ヒドイ言葉を投げつけ、酒に逃げた時期もありました。私は本当に弱い人間です。誰かの助けなしには生きられません。だから、一人じゃ夢を見ることすらできません。今は病床の彼女とパラリンピックに出場する夢を抱いています。失明したからこそ、人生の目標が明確になったのです」

――ん？　俺は一体なにを……。口が勝手に動いている。

「光を失って、初めて見える景色があります。私には、いや、私だけの高梨カオルの姿が鮮明に見えます。これからの人生、彼女のおかげで、これまでやってこられました。ですから今度は私の番です。これから彼女に捧げるつもりです」

「おっ、凛太郎、そいつはプロポーズって奴か？」

――師匠……来てくれたんだ。

「よっ、色男！　どさくさ紛れにやるじゃないか」

――正雄……余計なお世話だ。

「外野が騒がしくなってきました。どうやら潮時のようです。みなさま、ご清聴、誠にありがとうございました」

――終わった……。

〝パチッ！　パチッ！　パチッ！　パチッ！　パチッ！　パチッ！　――〟

拍手に身体を〝ブルッ！〟と震わせ、マイルスが立ち上がった。

「早瀬さん、ありがとうございました。それでは、講師の先生に質問がある方は挙手をして下さい」

――えっ？　聞いてねぇよ。どうする？　マイルス……。

凛太郎は思わぬ展開に戸惑い、思わずマイルスの背中を撫でた。

「先ずは生徒会長、生徒を代表してお願いします」

——なんだ、お決まりの展開か……。マイルス、シット。

「早瀬先生、ご講演、大変にありがとうございました。僕からの質問は二つあります。一つは、失明して一番困ったことは何ですか？ それから、先生の座右の銘、よろしかったら教えていただきたいのですが、以上、お願いします」

——ありきたりな質問だな……。

凛太郎は「わかりました」と言って、頷いた。

「まず一つ目の質問ですが、生徒会長さん、申し訳ない、そのまま目をつぶって十秒間、片足立ちをしてみて下さい。一、二、三、……」

生徒会長は頷くと、目をつぶったまま片足立ちをした。程なくバランスを崩し、倒れそうになりながら両足をついて、「中々、難しいですね」と言って、照れ臭そうに頭を掻いた。

「どうですか？ 暗闇でバランスを取ることが如何に難しいことなのか、おわかり頂けたかと思います。ただ、悪いことばかりではありません。おかげで、私は人一倍体幹が鍛えられ、マラソンに大いに役立っています。それに加え、他人の見た目に振り回されることもなくなりました。少し話をするだけで、その人の人となりが手に取るように理解できるのです。それから座右の銘の件ですが、我流でよければ披露しますが？　――よろしいですか、では……。『私は目が見えない。だが、それがどうした、おかげで希望に満ちている』そんな感じです」

――決まった。

割れんばかりの拍手が、と思いきや……。

「ありがとうございました、生徒会長の謝辞は後ほど。それでは、時間もありませんので最後にもう一人だけ――」

そう言って、教頭は辺りを見回し、聴衆の一人に指を差した。「では、一番後ろのあなた、短めにお願いします」

マイクでも渡しているのだろう。ざわめきの中、少し間が空いた。

「時間のないところ、本当にすみません。どうか、一言だけ言わせて下さい」

――その声は、カオル？

凛太郎は、片手にマイクを持ったカオルの姿を目に浮かべていた。

「凛太郎、ありがとう。感動しちゃった……私も頑張るよ」

「カオル、それは質問ではないだろう」と、あきれた様子の凛太郎。

「アハハ！　ごめんね」と、天真爛漫なカオルの笑い声。

「よっ！　ご両人！」二人の掛け合いに桜井一枝が声を張り、会場内に拍手が沸き起こった。

――市長と校長の引きつった顔が目に浮かぶ。でも、構いはしない。俺たち障害者は、誰に遠慮することなく生きてやる。

その後、生徒会長の謝辞、そして校長の長話と続いたが、残念ながら凛太郎はよく覚えていなかった。

「マイルス、帰るぞ。少し遠回りになるが、寄り道していこう」

学校を後にした凛太郎たちは、一目散に市役所を目指した。

――婚姻《こんいん》届の証人欄は師匠がサインしてくれるだろう。後はカオルの了解を得るだけ。

「ウォーン！」

マイルスが珍しく反論した。

――そうだよな、それが一番難しい。マイルスには、すべてお見通しだ。

12

「結婚してくれないか」

「うん、その言葉待ってた。凛太郎にしてはやるじゃない。ちゃんと責任とってね」

講演会から二日後。凛太郎は婚姻届をポケットに忍ばせ、病室でプロポーズをすると、カオルは二つ返事で了解した。

「責任って何のことだよ。いくらなんでも、俺に病気は治せない」

しかしカオルはそれには答えず、婚姻届にサインをすると、「早く出してきてね」と、何事もなかったかのように、あっさりしたものだった。

「何か、調子狂うな。もうちょっと、感動的なものだと思ってた」

「あら、現実はこんなものよ。つべこべ言わず急いでね。もうすぐ五時だよ」

――まったく、これじゃ先が思いやられる。

〝クーン〟と、マイルスも当てが外れたと嘆いていた。

「あっ、そうだった……。ところで、凛太郎」カオルは自分のスマートフォンを凛太郎の頰に当てた。「そろそろ携帯、再開してもいいんじゃない?」

「いや、やめとく。君が退院したら考えるよ」と言って、凛太郎は病室を後にして、マイルスと走って市役所に向かった。

証人欄には既に師匠のサインがしてあったが、「証人は二人以上が必要です」と市役所の受付で言われ、凛太郎は慌てて病院に電話を掛けた。そしてカオルと相談の末、蘭にお願いすることで落ち着いた。早速、彼女のスマートフォンに電話を掛けた。すると彼女は、練習のため、車で凛太郎の自宅に向かっている途中だった。「わかりました。市役所に向かいます」

「ご両親に断りなしに、私なんかでいいのかしら？」

「カオルのたっての頼みなんだ。俺からもお願いするよ」

蘭が婚姻届にサインしている間、凛太郎はマイルスの背中を撫でながら、物事がトントン拍子に進みすぎることに疑問を感じていた。こんなに簡単でいいのだろうか？と。

——普通だったら、カオルの両親に挨拶に出向き、娘さんを下さい、とか言って、カオルの父親に二、三発殴られ、でも結局、カオルのお母さんが、お父さんいい加減にしなさい！　とか間に入って、とどのつまりは酒を酌み交わし、丸く収まるとか？

そんなことを勝手にイメージしていたものだから、凛太郎はかなり拍子抜けしていた。

「どうしたの？　お義兄さん。元気ないみたいだけど」

「オニイサン？　なんか変な感じだなあ」

一人っ子の凛太郎は、蘭の言葉が照れ臭くて仕方なかった。

——そう言えば、カオルから両親の話を聞いたことがない。

「蘭ちゃん、俺はあなた方のご両親のことを一切知らない。挨拶もしないで、勝手に籍を入れてもいいのだろうか？　カオルが急かすものだから、つい調子に乗ったけど……。やっぱり、まずくない？」

そう言うと、「ああ、やっぱり……」と蘭の声が沈んだ。「ここじゃなんだから」と車で移動することになった。


「改めて、結婚、おめでとうございます」

「ありがとう。でも正直、あっさりすぎて、実感が湧かないよ」

誰にも遠慮をしないで話せる場所、いつもの河川敷の土手に並んで腰を下ろした。川沿いの風が肌寒い。マイルスは時折、ブルルッと鼻を鳴らし、凛太郎と蘭はウインドブレーカーをはおっていた。

「私たちの両親は、高二の春休み、家族でドライブに出掛けた際、事故に巻き込まれ亡くなってしまいました。私は奇跡的に無傷だったのですが、姉は咄嗟に私を庇い盾となりました。その衝撃で腕を挟まれ、大怪我を負ってしまったのです」

高速道路で大型トラックと大型バスの正面衝突事故のあおりを受け、自家用車が横転し後部車両から追突された。その勢いでガードレールに激突し、フロントガラスは粉々に砕け、前部席のご両親は共に即死だった。原因はトラック運転手の飲酒運転だったとのこと。

凛太郎は思わず、カオルと出逢った頃のことを思い出し、愕然とした。

――バイト先での事故ではなかった。どうして嘘なんか……。

『酔っ払い運転なんて最低だけど、他人を巻き込まなかっただけでも、幸運と思わなきゃ――』

あの時の言葉の裏には、彼女の想いが詰まっていたに違いない。憎むべき飲酒運転の当人相手に職探しを手伝ってくれたのは、どんなに複雑な思いだったことだろう。職務とは言え、彼女の寛大さに凛太郎は言葉を失った。

「気にすることはないですよ。姉はお義兄さんのことを図書館で見かけた時から気になっていたようです。マラソンを再開するきっかけになったほどですから、一目惚《ひとめぼ》れだったんじゃないですか？　――これ、姉は絶対認めないと思いますけどね」

アハハ、と軽く笑った蘭だが、両親が他界した後、頼りの姉は入院し、一人で葬式を始め、諸々雑多な始末をこなし、その秋にはインターハイ出場という快挙をやってのけた。

一方、カオルはリハビリに専念し、経済的理由から大学進学を諦め、蘭のサポートに回っていた。

「私は姉のおかげで大学に進学することができました。恩返しのためにも、是が非でもオリンピックに出場したかったのですが、今はその時ではなかったようです」

——さすが双子のアスリート、思考回路まで瓜《うり》二つ。すぐへこむ気弱な俺には、羨ましいほどのプラス思考だ。

「挨拶のかわりに、姉と一緒にお墓参りでもしてもらったら嬉しいです。両親も、きっと喜ぶことでしょう」

「そういうことなら、喜んでお参りさせてもらうよ。でも、どうして今日だったんだろう」

「お義兄さん、今からそんなことじゃ駄目ですよ。女は記念日にはうるさいですから」

——記念日？　……あっ、思い出した。今日はカオルの誕生日、ということは蘭も……。〝凛太郎にしてはやるじゃない〟とはこのことか……。

単なる偶然だったが、凛太郎は黙って乗っかることにした。

「おめでとう、蘭ちゃん、誕生日のことだろ？　ちゃんとわかってたよ。俺が忘れるはずがないだろう」

「よかった、さすがお義兄さん。では早速、練習を始めましょう」

——えっ？　嘘だろ。真っ暗じゃないのか？　俺には関係ないけど。

「軽く、一〇キロ、流しましょう」

——さすが双子、無茶ブリも瓜二つだ。

「ウォン！」

――さすがマイルス、俺の気持ちを知ってか、抗議の声を上げた。

そして時は流れ、いよいよ東京マラソン当日となった。

カオルは、八月末締切りにも拘らず、自分が床《とこ》に伏せることを予想するかのように、伴走者の欄に「高梨蘭」と記入し、一〇キロコース（視覚障害者の部）にエントリーしていた。完走条件は一時間三〇分以内でゴールとのこと。

――カオルが一〇キロレースに拘っていた理由がやっとわかった。

自己ベスト五〇分台の凛太郎は、楽勝気分で都庁前のスタートラインに立っていた。

「お義兄さん、最初はゆっくり様子をみましょう」

「蘭ちゃん、遊びに来たわけじゃない。スタートからダッシュで飛ばそう」

凛太郎はこの大会で、密かに自己新記録、四〇分台を狙っていた。

「やっぱり……。そんなことだろうと思ってた」

「カオルだって、頑張っているんだ。俺が手を抜くわけにはいかない」

五月には人の親になる。それも、一気に二人の親に……。

凛太郎は図書館の資料をあさり、双子が双子を身ごもる確率を調べたが、どの書物も判然としなかった。

「ごめんね、黙っていて。話しちゃうと反対される気がして」

喜ぶべきことなのに、カオルから病室で妊娠三ヶ月になると聞かされた時、凛太郎は頭が真っ白になった。乳ガン患者が妊娠、まして、双子を出産しても安全なのかと。

——まさか、命と引き換えなんて物騒なことを考えているんじゃないだろな？

カオルなら、やりかねないことだった。

しかし、そんな凛太郎の心配を他所に、カオルは一大決心をしていた。

「早瀬さん、もう大丈夫ですよ。奥様なら、どちらも必ず克服します」

カオルは、中島院長のお墨付きを頂くその代償に、抗ガン剤や放射能など母胎に少しでも悪影響を及ぼす可能性のある治療を一切取りやめ、乳ガンの転移を防ぐため両乳房を摘出していた。……強気なカオルが初めて弱音を吐いた瞬間だった。

「腕も片方ないのに乳房まで……。こんな女、一体どこがいいの？　凛太郎、正直に答えなさいよ！」

凛太郎は、二人きりの病室で声を振り絞り、泣きじゃくるカオルを抱きしめた。

「それが……それがどうした！　俺には、カオル、お前が必要なんだ！」

するとＦＭラジオから、盲目の天才が愛娘に贈ったというあの曲が聴こえてきた。

——そう言えば、あの時も流れていたっけ。初めて君に触れたあの日……。

――そうだ、泣いている場合じゃない。俺たちは双子の親になるんだ。先のことなんて考えられない。ただ、前を向いて走るだけ。

九時一〇分。スターターは東京都知事。

――いよいよだ……。俺は目が見えない。でも、それがどうした。風になって日本中を驚かせてやる。

「ウォーン!」マイルスの遠吠えが聞こえた。

「イッツ! ショータイム!」

13

三月上旬、『いとしのランナー』コミュニティFM収録中。

――こうして、うちのダンナ、早瀬凛太郎は、東京マラソンを一〇キロコースでどうにか完走することができました。あれほど口を酸《す》っぱくして注意したペース配分を誤ったのは、ひとえに本人の慢心からだと分析します。おまけに、見るも無残なラストスパート。ガイドランナーの蘭を置き去りにしてゴールするとは言語道断。もしこれがパラリンピックなら、「絆」を離した時点で失格となる場面でした。本人は、「それがどうした。ルール違反でもしたか？」などと言って開き直っているようでしたが、あのような、自己中心的で計画性の欠片もない勢いだけの走りでは、また一つ、〝パラリンピック強化指定選手〟への道が遠のいたことは否めません。

パラ競技の規定では、五〇〇〇メートル走以上から二人の伴走者が認められています。その場合、伴走者はメダルをもらえませんが、現在の日本チームは何よりもランナーのコンディションの維持を優先し、この二人体制を基本としております。そんなわけで、今後は私と妹とでタッグを組み、〝ブラインドランナー早瀬凛太郎〟を基礎から徹底的に鍛え直す所存です。リスナーのみなさまにおかれましては、今回の件で、さぞかし呆れられたこととは存じますが、どうかお見捨てにならず、これからも応援のほど、何卒《なにとぞ》よろしくお願い致します。

それから、私事《わたくしごと》で大変恐縮ですがご報告したいことがあります。まだエコー検査の段階で確定ではありませんが、どうやら双子の一人が男の子らしいということでした。困ったことに、数ヶ月も先の話だというのに、ダンナは元より、義父と義母、三人揃って何をするにも上の空、今から昼夜を問わず、姓名判断の本と格闘している次第です。こうなったからには、我が家で頼りになるのはマイルスだけです。

つきましては、次回から番組のタイトルを『いとしのマイルス』に変更させていただくことをお許し下さい。装いも新たに、新刊や話題の書の紹介はもちろんのこと、生活にお役に立つ情報満載でお送りいたします。

さて、流れてきたのはラストナンバー、盲目の天才が奏でるラブソング――。

それでは、また来週。みなさま、素敵な週末をお過ごし下さい。お相手は、元気ハツラツ、図書館員の早瀬カオルでした。


ラジオからラブソングが流れ出し、カオルは帰り支度を始めた。放送室のドアを開けると、ロビーに背広姿の凛太郎と、カラー（首輪）に蝶ネクタイを取り付けたマイルスが待っていた。

「あら、どうしたの？　二人とも、おめかししちゃって」

「今日は、マイルスの誕生日だよ。たまには、外でお祝いしようと思ってさ」

やがて二人は手をつないで歩き出した。その後ろにはマイルス、まるでナイトのように颯爽と二人の後をついてきている。

「あっ、ブルー・ムーン！」カオルは夜空を見上げた。「アナタ、何をお願いする？」

「君と同じでいいよ」

青く見える満月、その月明かりは、まるで二人の未来を明るく照らしているかのようだった。

著者プロフィール

タカハシ バイロン

1961年生まれ。
秋田県出身、在住。

マーカスがおしえてくれた

2020年 1 月15日　初版第 1 刷発行

著　者　タカハシ バイロン
発行者　瓜谷 綱延
発行所　株式会社文芸社
〒160-0022　東京都新宿区新宿1－10－1
電話　03-5369-3060（代表）
03-5369-2299（販売）

印刷所　株式会社暁印刷

ISBN978-4-286-21257-9